骨董商アリステア・ゴドウィンの秘密

角川ホラー文庫
22140

目次

十月某日。

その災いは、東からやってきた。
ひとたびそれが暗黒の翼を広げたら、もはや、誰も逃げられぬ。
人々は死に絶え、町は破壊され尽くすのみ。
あとに残るのは、廃墟(はいきょ)ともの言わぬ屍(しかばね)の山――。

チャールズ・ゴドウィンの日誌

序章

十九世紀中葉。

大英帝国の首都ロンドンには、日々、テムズ河を埋め尽くすほどの船が出入りし、波止場は活気を帯びていた。

ただし、貧困と隣り合わせの活気であれば、その様相はいささか殺伐としている。

蛇のようにとぐろを巻く舫い綱。

泥だらけの麻袋。

その間を荷車を引いた男たちが行き交い、そこかしこで怒声が飛ぶ。

それが、この場所の日常だ。

だが、その日は、少し様子が違った。

朝から嵐の前の静けさのような、どこか人々の声を潜めさせる重苦しさが、波止場全体を覆い尽くしていた。

水平線の向こうから押し寄せる暗緑色の雲が、その不気味さに拍車をかける。

なにかが、来ようとしている。

それが、なにかはわからない。

ただ、とてつもない災禍が襲いかかる、その予兆のようなおどろおどろしさだけが敏感な人々に伝わり、そわそわと落ち着かない気持ちにさせるのだった。

と――。

「……なんだ、あの船は？」

誰かが言った。

今や、その船影は、波止場で働く誰の目にもはっきりと映っている。

「あの旗は、ゴドウィン商会のものだろう」

赤地に金糸で商標を縫い上げたひときわ立派な旗。

それが、今は垂れ下がり、どこか廃れた様子を見せている。

「そうだ、中国に行っていたゴドウィン商会の『クラーケン号』だ」

「つまり、ケンジントン侯爵ご用達(ようたし)の船ってことだな」

「だが、なんか、様子がおかしいぞ」

「たしかに、変だ」

人々のざわめきが、あたりに広がる。

その船は、他の船と同じくテムズ河をゆっくりと航行しているのだが、見る限り、甲板に人影はなく、岸壁に向かってまっしぐらに進んでくる。

操舵室にも、人のいる気配はない。

無人の船だ。

そのことに、最初に気づいたのは誰だったのか。

「……なあ、あのスピードだと、止まれなくないか？」

「え、まさか」

「いや、絶対に」

「――大変だ！」

誰かが叫び、もうすぐぶつかるという段になって初めて、人々はパニックに陥った。

「危ない！」

「逃げろ！」

「ぶつかるぞ！」

悲鳴が飛び交い、誰もが荷物を放して逃げ惑う。

波止場は、大混乱に陥った。

その間も船の速度は落ちず、やがて、ドオンという地響きとともに巨大な船体が岸壁にめり込む。

その瞬間、物見高いロンドンっ子たちは、安全かどうか定かでないまま足を止め、少し離れたところから興味津々の体で様子を窺った。

いったい、あの船に、なにが起きたというのか。

なぜ、船は止まらなかったのか。

ただ、もちろんそばに寄ってみる者はなく、その後、船の所有者であるゴドウィン商会の人間と、その後援者であるケンジントン侯爵が到着した段になって初めて、彼らの命を受けた男たちが、傾いたまま、なんとか沈没せずにいるくだんの船へと乗り込んでいった。

しばらくして、船内の探索を終えて出て来た男たちが、甲板から岸壁に向かって大声でがなりたて始めた。

かなり慌てふためき、中には十字を切っている者もいる。

それから、大急ぎで積み荷が降ろされ、遅れて憲兵隊がやってきた時には、すでに積み荷の多くは別の場所へと移されていた。

その様子を遠巻きに見ていた船員の一人が、ふと声をあげる。

「――ありゃ、なんだ？」

そばにいた別の船員が、振り返って訊き返す。

「なにか言ったか？」

「いや、それが……」

船員は、落ちくぼんだ目をしばたたかせたあと、「今」と恐ろしげに告げる。

「あの船からウサギみたいなおかしなものが飛び降りるのを見た気がしたんだ」

「え、どこ？」

「もう消えちまったが、ただ俺の見間違いでなければ」

そこで、ゴクリと唾を呑み込んだ船員が、なんとも気味悪げに続けた。

「そいつは、ブタみたいな目であたりを見て、蛇のような尾を持っていた」

「バカな――」

目を丸くした相手が、すぐに吹き出してげらげらと笑う。

「そりゃ、お前、いくら東洋が神秘の国だからって、さすがにそんな生き物は存在しないだろう？」

「そうだけど、あれはなんていうか、もっとその……」

だが、船員の少ない語彙では、自分の言いたいことの半分もわかってもらえない。

彼が伝えたかったのは、あれは現実にいる生き物というより、なにかを象徴しているような、そんな存在であるということだった。

のちに「ゴーストシップ」との異名をとることになる「クラーケン号」は、だが、なんとも不思議なことに船員たちの集まる居酒屋（パブ）では語り草となったが、その話題が公けに広まることはなく、やがて歴史の闇へと葬り去られた。

第一章　豪雨のロンドン

1

「かんぱ〜い（チアーズ）！」

「かんぱ〜い（チアーズ）！」

「──て、やだ、貴方（あなた）、誰よ」

「気にすんなって。──ほら、かんぱ〜い」

「ちょっと、こっちもビール！」

　二十一世紀。

　ロンドン北部、ブルームズベリー界隈（かいわい）にある居酒屋（パブ）では、ロンドン大学の各カレッジに所属する学生たちが、ハロウィン・パレードの流れで仮装したまま、どんちゃん騒ぎをしていた。

狭い店内に人がひしめく様子は、若さと熱気にあふれている一方で、手の込んだ仮装のために、グループの境がよくわからなくなっている。

もっとも、乾杯した相手が見知らぬ人間でも、酔っぱらいは気にしない。

まして、ゾンビと吸血鬼が、あるいはコウモリ男とピエロが乾杯して、なにが悪いというのだろう。

そんな中、店内の片隅でテーブルに突っ伏し、幸せそうに眠っている青年がいた。

「おい、ミコト、こんなところで寝るなよ」

友人が肩を揺するが、その動きに合わせて、テーブルの上でぐらぐらと頭を揺らす青年が起きる気配はない。

「やだ、ミコト、完全に寝ちゃっているじゃない」

「や〜、寝顔もキュート」

「たしかに、あんたよりはきれいな顔よね」

「ほっとけば、そのうち起きるだろう」

そこで、一旦（いったん）、話題は青年の上から逸（そ）れ、窓の外を見た学生が憂鬱（ゆううつ）そうに言った。

「……ね、この雨、止まないかしら？」

「ホント、最悪よね」

「パレードは途中で中止になるし」

「衣裳（いしょう）は濡（ぬ）れるし」

「そんなこと言って、メアリーは早く飲みたかったんだろう？」

友人の茶々に、メアリーがきっと睨（にら）んで言い返した。

「違うわよ！」

「なら、お代わりはいいんだ？　おごるのに」

「いるに決まっているでしょう！」

そんな会話を余所（よそ）に、雨を気にしていた学生が「どうする？」と誰にともなく問いかける。

「いっそのこと、止むまで、ここで待つ？」

「いいねえ、じゃんじゃん飲もうぜ」

「私は、そろそろ帰らないと」

冷静な意見を述べた緑色のかつらの女性が、アニメキャラの仮装のまま、真面目くさって続けた。

「このあと、休み明けに提出するレポートの準備をしないといけないから」

「や〜ん、二次元キャラのくせに、現実（リアル）！」

「今は、二・五次元の世界なのよ」

「でも、帰るなら、ミコトはどうするの？」

「タクシーに乗せて帰しちゃえば？」

「あ、それ、いいわね。――彼、どこに住んでいるの？」

とたん、数人の友人が顔を見合わせて途方に暮れた表情になる。

「さあ、知らない」

「俺も」

するとビールのジョッキを空けた青年が、「だったら」と言う。

「俺が、連れて帰るよ」

「え、いいの、ドミニク？」

「ああ。――どうせ、うちは、教授のフラットでの共同生活だから、居間の長椅子にでも転がしとくさ」

「あ、そうか」

他の学生が、合点がいった様子でうなずいた。

「ドミニクって、例の『イースタン・パレス』の住人だっけ」

「そう」

「だったら、安心ね」

納得したメアリーが、「ただ、一つ気になるのは」と人さし指を振って言う。

「さっきから、たまにミコトのスマホが鳴っているんだけど、誰か、至急連絡を取りたがっている人がいるってことじゃないかしら……？」

「彼女とか？」

「え、でも」

口元に手を当てたメアリーが、考え込みながら言った。

「前に、付き合っている人はいないって言ってた」

「お～、チェック済み」

「でも、案外、日本にいたりして」

「日本かあ」

目の前の会話から外れて、誰かが言う。

「やっぱ、日本ってクールだよね」

別の学生が食いつく。

「そうなのよ。よくミコトが腰に巻いているパーカーも、ロゴがクールで」

そばに置いてあったリュックから服の一部を引っぱりだした学生が言う。

「これでしょう？」

「これ、日本のスポーツチームのロゴらしいわよ」

「あれ、でも、そこに普段着があるってことは、ミコトって、どこかでパレード用の衣裳に着替えたの？」

「そうよ。なんでも、家から仮装用の衣裳を着てくるのが恥ずかしかったみたいで」

「うわ、シャイ！」

　すると、しゃべりながら話題となっている青年の寝顔に見入っていた女性が、ふと気づいたように「あ、ねえねえ」と言う。

「このミコトのスマホケースについているストラップ、かわいくない？」

「あ、ホント。フクロウかしら」

「似ているけど、ちょっと違う気もする」

「なにかのキャラクターかしらね」

「ちょっと、私、そろそろ本気で帰るけど？」

　緑色のかつらの女性が放った言葉に、別の仲間も手をあげて同調する。

「あ、俺も」

　そこで、彼らは、相変わらず幸せそうに寝込んでいる青年の身体を半ば引きずるようにして、まだ騒々しい夜半の居酒屋(パブ)を出て行った。

2

　ザアザアと。

水の流れる音がしている。

大河のうねり。

そこへ、なにか巨大なものが分け入ろうとしていた。

(あれは……)

ゆったりと水に沈んでいくのは、太い胴体をした動物だ。

しかも、振り返ったその頭は――。

(……牛?)

青く光る美しい牛だ。

(こいつ、どこかで見たことあるような……)

思ったとたん、角のある巨大な顔がアップになり、こちらを呑み込むように大口をあけて、「ブブブ」と鳴き揺れた。

そこで、天野尊は目を覚ました。

外は、大雨だ。

夢の中で河の流れのように思えたのは、この雨の音だったのだろう。朝だというのに薄暗く、時間感覚が麻痺しそうである。

(――いや)

半身を起こした尊は、それ以前の問題として、自分がどこにいるのかわからない。

見慣れない天井。

見慣れない壁。

見慣れない家具調度。

さらに、見たこともない長椅子の上で、彼は完全に迷子になっている。

（……え、どこだ、ここ？）

留学のために英国に移ってまだ二ヵ月ちょっとしか経っていないというのに、起きたら知らない場所だったというのは、恐怖以外のなにものでもない。

（うわ、なにがどうして、どうなったんだ？）

そんな彼の前で、スマートフォンが小さく振動する。

電話だ。

尊は、とにもかくにも、スマートフォンに手を伸ばした。その際、自分の身につけている服が、世界中で最も有名と言える、空想上の魔法学校の制服であることに気づき、わずかながら記憶が蘇（よみがえ）ってきた。

（そうか。ハロウィン。ハロウィン……）

昨晩はハロウィンで、学部の友人に誘われ、大学の近くで行われた学生たちによる仮装パレードに参加したのだ。その流れで居酒屋（パブ）に行き、一杯目のビールを飲んだところまでは覚えていたが、そのあとの記憶が見事にない。

（う～ん）

額を押さえつつ、尊は相手を確認せずに電話に出た。

「もしもし？」

とたん、とても美しい滑らかな英語(クィーンズイングリッシュ)が耳に流れ込む。

『なんだ、通じるのか』

「え？」

『で、君は、ミコトか？』

「そうですが、そちらは？」

『ゴドウィンだ』

「ゴドウィン……？」

一度胡乱(うろん)げに繰り返した尊は、すぐに驚いて訊(き)き返す。

「って、まさか、ミスター・ゴドウィンですか!?　『ブルーブルズ』の？」

尊が認識したアリステア・ゴドウィンは、現在彼がアルバイトをしている骨董(こっとう)店「ブルーブルズ」の代表取締役であるが、正直、まださほど親しい間柄にはなっていない。

言ってみれば、ただの雇用主と被雇用者という関係だ。

だから、こうして直接電話を受けるのは初めてのことだった。

アリステアが続ける。

『そうだが、君、その様子だと、どうやら生きていたようだな』

「もちろん、生きていますよ」

というか、なぜ、死んでいることが前提なのか。

その理由を尋ねる前に、『それなら』と問われる。

『どこで、なにをしている？』

「どこでって、ええっと」

それは、彼のほうが知りたいくらいであったが、事情を知らないアリステアは、迷惑そうに『というのも』と続けた。

『昨夜遅く、君のところの家主からこちらに照会があったんだが、当然、私は君がどこにいるかなんて知らないし、監禁もしていない』

（そりゃ、そうだ。監禁なんてされてたまるか）

そもそも、さっきから、『生きている』とか『監禁』とか、なにをどうしたら、そんな物騒な話になるのか。

だが、そこでふと、現在の状況を鑑（かんが）みて悩む。

（……あれ、監禁なんて、されてないよな？）

若干心配になってきた尊があたりを不安そうに見まわしていると、廊下の奥から見慣れた人物が現われた。

面長の顔に、大きな黒い瞳。

鼻筋が通っていて、肌は少し浅黒い。

「——あ、ドミニク？」

とたん、電話の向こうで訊き返される。

『なんだって？』

「いえ、なんでもありません」

慌てて電話の相手に答えるかたわら、尊は手でドミニクに挨拶する。どうやら、酔っぱらった挙句、同じゼミの友人の家に転がり込んでいたようである。

自分の居場所がわかってホッとする尊に、電話の向こうでアリステアが言った。

『とにかく、君のプライベートに口を出す気はないが、同居している相手には、居所くらい知らせてやれ』

「……ああ、はい、そうですね」

できればそうしたかったが、出来なかったのだから仕方ない。——ただ、指摘され、急に焦りが生じる。

（たしかに、無断外泊なんて初めてだから、きっと心配している……）

気がそぞろになった尊に対し、アリステアが『だが、まあ』と口調を変えて告げた。

『私の用件はそれとは別にあって、単刀直入に訊くと、君、今すぐこちらに来られないか？』

「――え？」

尊が、訝しげに訊き返す。

「今すぐに、ですか？」

『そうだが、なにか問題でも？』

もちろん、ある。

むしろ、大ありだ。

第一に、お腹が空いているし、第二に、週末の今日は、家でゆっくり、レポートを書くための課題本を読みたかった。

それに加え、外はこの大雨だ。

横殴りの雨が叩きつける窓の外を見ながら、尊は訊き返す。

「えっと、せめて、雨があがってからでもいいですか？」

『それでは、まったく意味がない』

あっさり否定したアリステアが、抑揚のない命令口調で言う。

『とにかく、可及的速やかに出勤してくれ。――もちろん、ここまで、タクシーを使ってくれて構わないから』

それは、「ありがとうございます」と言うべきなのか、よくわからないまま、尊はなかば押し切られる形で承諾した。

「――わかりました。すぐに行きます」

電話を切った尊は、眉根を寄せて考える。

いったい、なにごとだろう。

アリステアは、ふだんから若干人遣いが荒いほうであったが、さすがに、時間外にこのような急な呼び出しを、しかもほぼ強制的に受けたのは初めてだ。

考えられることとして、店内で日本人客とのトラブルでも発生したか。

(まさか、この雨のせいということもないだろうし……)

悩む尊に対し、テーブルの上にコーヒーの入ったマグカップと空のボウルとドライフルーツ入りのコーンフレークの箱、さらに牛乳パックを置いたドミニクが、様子を窺うように尋ねた。

「電話、昨日の人からか?」

「……昨日の人?」

それが誰かわからなかった尊が、ドミニクに視線を向けて問い返す。

「昨日の人って?」

「ああ、悪い。昨日、お前が寝ちまったあと、スマートフォンに何度もメールが入っていて、さらに、ここに着いた頃に直接電話があったんだ。それで、誰かがお前を心配しているんじゃないかと思って、俺が代わりに電話に出たら、案の定、お前の身元引受人だという人からで、とても心配していた」

「……へえ」

先ほどアリステアも電話口で「家主からこちらに照会があった」と言っていたので、きっとあちこち電話しまくったのだろう。

ふたたび焦りを覚えた尊に対し、ドミニクが少し呆（あき）れ気味に突っ込んだ。

「いや、『へえ』じゃなく、さ。――最初は俺も怪しい奴のように疑われて、今から迎えに行くとまで言われたんだけど、ここが、ロンドン大学の一翼をなす東洋アフリカ研究学院（SOAS）のウォルター教授が管理している学部生専用の共同住宅（シェアハウス）であることを説明したら、ようやく納得してくれて、朝、君が起きたら連絡するように伝えて欲しいということで話は落ち着いたんだ」

やはり、とんでもなく心配をかけてしまったらしい。

内心で焦りつつ、迷惑をかけた友人に謝る。

「ごめん」

「いいけど、なんか、ちょっと過保護じゃね？」

「ああ、うん、かもね」

苦笑して認めた尊が、言い訳する。

「ただ、まだこっちに来て日が浅いし、無断外泊は初めてだったから、きっと本当に心配してくれたんだと思う」

「──まあ、そうなんだろうけど」

疑われたことがどうにも気に入らなかったらしいドミニクが若干不満げに応じ、それでも「だったら」と譲歩して言う。

「これ、食う前に連絡しろよ」

「わかった」

素直にうなずいた尊は、その場で電話をかけた。

漆黒の髪に漆黒の瞳。

日本人である尊は、端整な顔立ちをしている上に、ドミニクや他の学友たちと比べてかなりほっそりしている。そのせいかどうか、ものが雑然と散らばる部屋にあって、ユリのように凛とした佇まいを見せている。

彼が電話で話している間、ドミニクは、二つのボウルにコーンフレークをあけ、その一つに牛乳をかけて先に食べ始める。

電話を終えた尊に、コーンフレークの入ったボウルを渡しながらドミニクが訊く。

「それなら、話は少し戻るけど、さっきの電話、昨日の人じゃないなら誰からだったんだ？」

「あれは、バイト先だよ。——あ、ありがとう」

あれこれ世話を焼いてくれることに礼を述べてから、尊が続ける。

「なんか知らないけど、食べたら行かないと」

「行くって」

驚いた様子のドミニクが、スプーンで外を示して付け足した。

「この雨の中を、か？」

「そう」

「溺れそうだぜ？」

「そうなんだけど、来いって言うから」

「人遣い、荒いな」

「まあね」

だが、そうだとしても、決して辞めたくはないアルバイトである。

というのも、「ブルーブルズ」は、現在、ロンドンに残っている骨董店の中では老舗中の老舗で、その顧客には、新興の富裕層はもとより、各国貴族など、由緒ある家柄の人々も大勢いる。

つまりは、従業員のみならず、顧客にも目の肥えた人間が多いということだ。所属する仲買人(ディーラー)たちは各地で開かれるオークションの常連であり、店で取り扱った美術品が博物館に並ぶこともままある。

まさに骨董界の花形で、将来、美術品に関わる仕事に就きたいと思っている学生にとっては、憧(あこが)れの就職先の一つとなっていた。

そんな「ブルーブルズ」から、東洋美術を専攻する彼らの学部にアルバイトを募集するという連絡が来たのはほんのひと月ほど前のことで、書類選考の結果、なぜか留学して間もない尊が選ばれた。

理由は今もってわからないが、「ブルーブルズ」がインドから日本にまたがる東洋の美術品全般を専門に扱う骨董店であり、現在、社員の中に日本語が達者な人間だけがいないことからして、おそらく、日本語がネイティブであることが決め手となったのだろう。

正直、ダメもとでの応募であっただけに、受かった本人が一番びっくりしていたが、蓋(ふた)をあけてみれば、想像していたのとは違い、知識や接客の細やかさなどはまったく必要なく、上司は人遣いが荒い上に肉体労働的な雑用が多く、あまり良好な職場環境とは言えなかった。

尊がマグカップに手を伸ばしつつ、「それより」と言った。

「昨日のこと、きちんとお礼を言っていなかったけど、色々ありがとう。僕、全然覚えていなくて」

「どうってことないさ。――ただ、ミコトがあんなに酒に弱いとは思わなくて、少し驚いたんだけど」

「実は、僕もちょっと驚いている。ふだんは、もう少し強いから」

「――だよな」

ドミニクも、人差し指をあげて同意する。

なにせ、二人はこれまでにも何度か飲みに行っているが、尊がこんな風に失態を演じたことは一度もなかったからだ。

「まあ、こっちの生活にも慣れてきて、緊張の糸が切れたのかもしれないな」

「そうかな？」

首をかしげた尊が、続けて言う。

「とにかく、助かったよ」

「いいってこと」

応じたドミニクが、「ああ、それで」と伝えた。

「支度するなら、着替えの入ったリュックは玄関に置いてあるから」

言ったあとで、ニヤリと笑って続ける。

「よかったな、着替えを持っていて。——でなきゃ、今日一日、お前は魔法使いのまだった」

「たしかに」

その後、尊が支度をしている間に、ドミニクがタクシーを呼んでおいてくれた。

ものごとの処理能力に長けたドミニクは、ウォルター教授のお気に入りとしてよく雑用などを頼まれているので、この手のことには慣れているようだ。

英国社会において、上の人間に雑用を頼まれるというのは、それだけ信頼されているという証で、将来、ここぞという時には引き立ててもらえることが約束されたようなものだった。

つまりは、出世への足掛かりである。

そんなドミニクも、噂では「ブルーブルズ」のアルバイトに応募していたと聞いているので、やはり自分が選ばれたのはなにかの手違いではないかと疑いつつ、尊は感謝してタクシーに乗り込んだ。

保温性のあるズボンに、同じく保温性のあるインナーをまとい、その上に裏起毛のワーキングシャツをざっくりと着たため、コートがなくても寒くはなかったが、この雨を避けるために、仮装用のマントを上から羽織った。

外は、思っていた以上の悪天候で、すべてが灰色の膜に覆われ一寸先も見えない。

(……これって、大丈夫なのか?)

ブルームズベリーの東側に位置する共同住宅から「ブルーブルズ」のあるセント・ジェームズ界隈まで移動する間、道には水が溢れ、遠くで雷鳴が轟いていた。

(いや、大丈夫どころか、ますますひどくなりそう……)

見ているだけで、恐怖心が湧いてくる。

こんな時に外に出るのは、はっきり言って自殺行為だ。

それでも、なんとか目的地にたどり着き、領収書を受け取った尊は、リュックを傘代わりにして雨の中に飛び出すと、マントの裾を翻しながら、堂々とした入り口を持つ老舗骨董店「ブルーブルズ」へと駆け込んだ。

3

(……これはいったい?)

扉口に立った尊は、マントを肩から外しつつ、目の前の光景に驚いて立ち尽くした。

「ブルーブルズ」は、先にも述べたように、老舗として知られる由緒ある骨董店だ。

古いもの好きで知られる英国人だが、二十世紀後半のオイルショックを境に、経済は悪化の一途をたどり、博物館級の骨董品を購入できるような資産家はほとんどいなくなってしまった。

代わりに台頭してきた海外資本により、かつて東洋からわんさと流れ込んできた美しい陶磁器や書画などは、オークション会社を通じて買い戻され、ついでに西洋の美術品の多くも国外に流出した。

日用品レベルの骨董品であれば、いまだに売買は盛んで、日曜日に開かれる蚤の市（のみのいち）などは大勢の人出でにぎわいを見せるものの、王侯貴族や地主階級の顧客に頼ってきた格式高い骨董店は軒並み姿を消し、残っているのはほんの一握りだけとなっている。

その代表格がこの「ブルーブルズ」で、いまだ、上流階級の街であるセント・ジェームズ街に堂々たる店舗を構え、正面入り口には、商標が白抜きされた紺色の旗を誇らしげに垂らしていた。

また、格調の高そうな佇（たたず）まいを裏切らず、ふだんは扉口にドアマンが立っていて、足を踏み入れる人間を品定めするように、抑揚のない流暢な英語（クイーンズイングリッシュ）で話しかけてくる。

そうすることで、ひやかしで入ってきた客は居心地が悪くなって退散するし、そうとは知らずに迷い込んで来た旅行客も、自分が場違いなところに来たことを自覚し、そそくさと立ち去ってくれるのだ。

日本では考えられないことだが、階級制度が生活の隅々まで浸透している英国では、店が客を選び、それが近年まで、当たり前のこととして受け入れられてきた。居酒屋（パブ）

などはその最たるもので、庶民の集う店に上流階級の人間が来ることは間違ってもないし、その逆も然り。

英国人は、暗黙の了解で、身分による住み分けをしっかりと保って生きてきた。最近こそ、その手の店はかなり減ってきたとはいえ、「ブルーブルズ」はまだそのスタイルを崩していない。

とはいえ、さすがに階級によって客を選り分けるような時代錯誤な方針は取っておらず、単に、扱っている商品が希少価値の高いものであるため、扱いに慣れていない人間には来てほしくないという意思表示の域を出るものではなかった。

プラス、防犯という目的も忘れてはならないだろう。

「ブルーブルズ」では、高額な商品もすべて、誰でも手に取って眺められるようにしてあるため、客を品定めするドアマンの存在はやはり必須であり、尊も、最初にこの店を訪れた際は、その威圧感に震え戦いたものである。

それが、今日に限ってドアマンの姿が見えず、店内は混乱の極みにあった。

まさに、てんやわんやの大騒ぎ、だ。

ふだん、取り澄ました顔をして流暢な英語を得意げに話している熟練の仲買人や若き接客係たちが、必死の形相で額に汗して大きな荷物を抱え、そこら中ドタバタと駆けずりまわっている様子は不気味ですらある。

しかも、あまりに必死過ぎるせいか、ずぶ濡れの状態で扉口に立ち尽くすいかにも怪しげな尊の存在に注意を払う様子もない。

しばらくして、我に返った尊は、ひとまずそのあたりの人間に声をかけてみる。

「……あの」

だが、忙しなく行き過ぎる従業員の誰一人として、答えてくれる様子はない。

尊としては、なぜ自分が呼び出されたのか、その理由を知りたかったのだが、どうやらそれどころではないようだ。

いったい、なんの騒ぎであるのか。

（まさか、爆破予告でもあったとか？）

そんな不穏な考えが過るのも、ここが世界に名だたる大都市の一つだからだろう。

ロンドンは、世界でも有数の監視社会で、街中に設置された防犯カメラの映像が多くの犯罪を抑止してくれている。

それでも、やはり代表的な資本主義国家として爆弾テロの標的にはなりやすく、そう安穏としてはいられないというのが実情だ。しかも、ここは、創立当初から富める者たちの象徴のような店である。

（……でもまあ、さすがに爆破はないか）

尊が苦笑した時、だ。

「ミコト、来たのか」

ふいに横合いから声がかかり、条件反射で振り返った尊の前に、光の天使(ルシファー)のように麗しい男が立っていた。

まばゆいばかりの白金髪(プラチナブロンド)。

底光りするパライバトルマリン色の瞳(ひとみ)。

左右対称の顔も含め、造形のすべてが冗談のように整っていて、いっそ空恐ろしいくらいである。

正直、尊はちょっと苦手なタイプだ。

おそらく、彼が同級生にいたとしても、尊は遠くから見ているだけで決して友達にはならなかったはずだし、今もあまりお近づきにはなりたくなかったが、社会に出たら、付き合う相手を選り(え)好みなどしていられない。

なんと言っても、目の前にいる彼こそが、尊の雇い主であるアリステア・ゴドウィンその人だからだ。

アリステアが、続けて言う。

「よくもまあ、溺(おぼ)れずに来られたものだ」

自分で来いと言っておきながら、随分な言い様だ。

感謝して欲しいとまでは言わないが、こんな時であれば、ずぶ濡れの彼を労(ねぎら)うくらいのことはしてほしかった。

それでも、尊は文句を言わずに応じる。

「はい、なんとか無事に」

これも、ひとえにタクシー運転手の腕がよかったからだろう。でなければ、どこかで立ち往生していたはずだ。

だが、やはりアリステアからはお褒めの言葉はなく、「で」と淡々と問われる。

「せっかく、無事に辿り着いておきながら、君は、そんなところでいったいなにをしているんだ？」

「なにって……」

正直、なにがなんだかさっぱりわからない状況で、説明を要しているだけである。

そこで、尋ねた。

「いったいこれは――？」

「見てわからないか？」

「わかりませんが、もしかして、爆破予告でもありました？」

一度は自分の中で否定した予測を口にすると、「爆破？」と言いながら美しい顔を複雑そうに歪めたアリステアが、「相変わらず」と評した。

「君の発想は、突拍子もなくて理解不能だ」

「……すみません」

やはり、言うべきではなかった。

しゅんとして下を向いた尊に対し、アリステアが上を指さして教える。

「雨だよ」

「雨？」

「そう。この記録的大雨の影響で、地下の倉庫が浸水した」

「浸水⁉」

尊が驚いて顔をあげる。

「大変じゃないですか」

「だから、見ての通りだと言っているだろう。現在、我々は、店を臨時休業にし、社員総出で持ち出せる限りの貯蔵品を階上に運んでいるところだ。——つまり、『ブルーブルズ』は、今や文字通り『水没寸前』なのだよ」

「なるほど」

忙しさの表現によく使われる『溺れる』という言葉に浸水被害を掛けた皮肉に対し、尊はようやく状況を理解して確認する。

「それなら、僕も、荷物運びを手伝えばいいんですね？」

「そうだ」

「運ぶ先は、決まっているんですか？」

「いや。ことが急すぎて、そんな余裕はなかった。——ゆえに、とりあえず、運んだ場所をメモしておいてくれ。あとで、整理する」

「わかりました」

そこで、急いで地下室に行こうと背を向けた尊に向かい、アリステアが「ああ、念の為に訊くが」と後ろから言った。

「どこかで爆破予告があったというニュースを見たのか？」

「いえ、ぜんぜん」

「——だろうな」

答えた際、振り返らなかったので、実際にアリステアがどんな表情をしていたかはわからないが、おそらく、あのきれいな顔に冷笑を浮かべていたに違いない。それがまた、なんとも似合う顔立ちなのだ。

尊は、そのままバックヤードに存在する地下へと続く階段に向かった。

「ブルーブルズ」は、ちょっと変わった造りをしている。

地下一階、地上四階建ての建物は、方形の屋内に円形の主展示室があり、一階はその展示室を囲むように路面沿いにガラス張りのショーケースが設けられている。

裏手には従業員用の休憩室と洗面所や給湯室などの水回りがあり、二階にある洗面所だけが、円形の主展示室側に扉を持ち、客も使用できるようになっていた。

一方、メインエリアである円形の主展示室はというと、部屋の中心に方形の太い飾り柱があり、その柱に沿って上にあがる階段が伸びている。

二階は商談を兼ねたVIP専用の展示室で、造りは一階とほぼ一緒だが、表側のショーケースにあたる部分が、会議室となっていた。

それに対し、三階と四階はガラリと趣きが変わり、三階は、中央の柱沿いに廊下が設けられ、その外側に社長室や重役室が並んでいる。どの部屋も広くゆったりとしていて、造りもシンプルだ。

対照的に、四階は、天井も低く小さな部屋が連なり、窓も小さい。

おそらく、かつては使用人部屋として使われていたのだろうが、あまりに廊下と部屋が入り組み過ぎていて、もはや中心を貫いている柱の存在は確認できず、慣れるまでは迷路のように感じられた。

これらの小部屋は、若手の仲買人(ディーラー)や事務員の作業場兼倉庫として振り分けられていて、なぜか、尊も狭い部屋を与えられている。

もっとも、部屋と言ってもほとんどが書庫で、古い資料やカタログなどが所狭しとばかりに置かれた片隅に、いくつかの商品に埋もれるように小さなライティングデスクがあるだけだ。

もし、尊が埃アレルギーだったら、絶対に長居できない場所である。

驚くべきことに、尊が使わせてもらっているライティングデスクも、実は売り物で、手元を照らすアールヌーボー時代の電気スタンドや壺、動物の置物といったこまごましたものも、すべてが売り物で値がついた状態だ。

ただし、値札は暗号化されているため、尊にはその価値が今一つわからない。

それも、おそらく防犯対策の一つなのだろう。

それら上階に対し、現在尊が向かっている地下の倉庫は、大きいケージで区切られ、アジアにある実際の地域ごとに収納場所が分かれていた。

尊は、階段の途中で脇により、中国製の飾り棚を運び上げている接客係二人に道を譲りつつ、下の様子を窺う。

倉庫には非常用の外扉があり、当たり前だが、今は固く閉ざされている。——にもかかわらず、そこから浸水しているようだった。

(たしかに)

尊は、しみじみ思う。

(ここは、水没寸前だ——)

だとすると、まずは書画類と漆塗りなどの木工品を運ぶべきで、水害のダメージが比較的少なくて済む石像や金銅像のようなものは、この際、後回しにするしかない。

今はまだ電気がついているので、作業もそれなりにはかどっているようだが、タクシーに乗っている時に遠くで稲妻が走るのを見たので、もうどのタイミングで停電が起きてもおかしくなかった。

そうなったら、もはやお手上げだ。

唯一の救いは、見る限り、すでにかなりの数の貯蔵品が運びあげられたあとだということだろう。おかげで、いつもはものの陰に隠れていて見えない柱も、かなりあらわになっている。

そこで、尊は、ひとまず棚の上部に置かれた掛け軸のようなものを抱え、階段を何度も往復し始めた。なんだかんだ、その掛け軸一つで尊の一ヵ月分の生活費になることを思うと、落とすのがとても怖かったが、この非常事態であれば、いざとなったら多少の考慮はしてもらえるだろうと自分に言い聞かせ、余計な心配をするのは止めた。

それに、あちこちで、「気をつけろ！」とか、「危ない！」などの怒声が飛び交っているので、失態を怖れているのは尊だけではないのだろう。尊が木製の和時計を抱えて階段をあがっていた時には、すぐ近くで、ガタガタとものが倒れる音がして、誰かが悲鳴をあげるのが聞こえた。

あれは、きっとなにかを壊した音だ。

その人物には申し訳ないが、そのことで、尊はちょっとだけホッとする。なにせ、日本人は、「連帯責任」という言葉が大好きだ。

（みんなで壊せば、コワくない）

だが、ホッとしたのも束の間、次に尊が地下倉庫に降りた時には、すでに水は腿に届くほどになっていた。

もはや、次はない。

これ以上、地下倉庫にいるのは危険極まりない行為だ。

それは、すでに従業員たちの共通認識であったらしく、気づけば、近くに人影はなくなっていた。

（……あれ、もしかして、まずいかな？）

英語でなされる警告を聞き取りそびれたのかもしれないが、来てしまったからには尻込みなどしていないで、少しでも高価なものを運んでしまおうと、尊は慌ててあたりを見まわして、運べそうなものを探す。

そんな彼の目の前に、ぷかぷかと木箱が漂ってきた。

タールのようなものが塗られた黒光りする木箱で、蓋が開いている。

とっさに水の中に分け入って木箱を引き寄せた尊は、中が空っぽであるのを確認してから、改めて木箱を観察した。

一部がひしゃげた様子からして、こじ開けたというよりは、落とした弾みで壊れたかなにかしたのだろう。とても年季が入ったもののようで、朱墨で文字の書かれた紙がまわりに巡らされているのも特徴的だ。

その朱墨も、一部は水に溶けて消えかけている。

それでもなんとか判別できた文字は、漢字と象形文字が混じったようなもので、一部はサンスクリット文字にも見えた。

（……これって、まさか）

尊は、眉をひそめて思う。

（封印？）

突拍子もない考えではあったし、現実世界では見ることのなかった代物であるが、日本人の尊は、映画やドラマなどで、この手の封印がなされた呪いの箱のようなものを目にしたことがある気がしたのだ。

ただ、そうだとしても、なぜ、そんなものがこんなところに転がっているのか。

しかも、見る限り、封印は破られている。

蓋の内側を見ると、そこには読めない漢字と、うっすらとした輪郭を持つ蛇のような生き物が描かれていた。

（……なんだろう？）

さらに言えば、この箱にはなにが入っていたのか。

尊が箱を見おろしながらしばし考え込んでいると、ふいに、頭上でカチカチというような音がして、次の瞬間、電気がふっと掻(か)き消えた。

停電だ。

近くに、雷が落ちたのだろう。

おかげで、尊は、唐突に闇の中に取り残されてしまった。

だが、焦らず、彼は、ポケットからスマートフォンを取り出すと、懐中電灯代わりに使用する。こんな風に闇に閉ざされた世界では、わずかな明かりがあるのとないのでは、大違いだ。

そうして改めてあたりを見まわせば、水は今や腰に届くほどになっていて、階段まで戻るのも一苦労だった。

もはや骨董(こっとう)品を救うなど悠長なことを言っている場合ではなく、自分の命を守る必要がありそうだ。

そこで、片手で水をかき分けつつ、尊は歩き出した。

暗がりの中、スマートフォンの明かりを頼りになんとか階段まで辿(たど)り着いた尊は、手すりにつかまったところで、ホッとする。

そんな尊の背後で、その時、ザザザッと音がした。

鮫(さめ)やシャチなど、水棲(すいせい)の大きなものが水の中でスピードをあげて近づいて来るような、そんな不気味な音である。

ハッとして振り返った尊の目に、それが水から立ち上がる姿が入ってくる。

巨大な生き物だ。

(――牛？)

尊は思うが、それは、今朝見た夢が記憶として蘇ったせいだろう。

ただし、あの時は巨大な青い牛が水に分け入ろうとしていたが、今回は違う。

顔は牛に近かったが、身体は黄色く虎のような柄が入っていて、大きな角と真っ赤に輝く瞳を持っている。

明らかに、見たことのない生き物だ。

「化け物……？」

自然と尊の口をついて出た単語。

それ以外に、表現のしようがない。

相手の目が、なにかを訴えかけている気がしないでもなかったが、暗がりと相まって恐怖がまさり、なにも考えられなくなる。

(逃げなきゃ――)

本能に任せて尊がそう思った瞬間。

それが水から跳びあがって、尊に襲いかかって来た。

「うわあ！」

叫んだ尊は、焦った拍子に足を滑らせ、仰向けに水の中に倒れ込む。

とたん、開いた口から泥水が入り込み、尊はもがき苦しんだ。

落ち着けば、決して溺れる深さではないはずなのに、恐怖の中で、ただ無我夢中で手足をばたつかせる。

一瞬、水の上に頭が浮かび出て、大きく息をしようとした尊の耳に、誰かの呼び声が響いてくる。

「ミコト！」

アリステアだ。

階段のところに、アリステアの光り輝くような姿が見える。

それはまさに、光の天使を思わせる神々しさで、アリステアの正体は、本当に堕天した天使なのではないかと疑う。

孤高で気高く、そして限りなく美しい――。

焦がれるような想いで、尊は手を伸ばしながら叫んだ。

「――助けて、ミスター・ゴド」

だが、最後まで続ける前に、上から頭を押さえつけられ、ふたたび泥水の中に没してしまった。

その刹那(せつな)。

こちらを見つめるパライバトルマリン色の瞳と目が合い、さらに、空間を切り裂くように響く、アリステアの凛(りん)とした声を聞いたように思う。

「――リンビンドウジョージエ……」

だが、それもすぐに遠ざかり、ごぼごぼと水中に息を吐き散らしながら、尊はほどなくして意識を失った。

4

「……はい。もちろん封印しました。――ええ、先日、イーストエンドの開発地区で発見された石板の……、ええ、やはり戻ろうとするようですね。――ああ、いえ、そちらのほうはまだ」

尊は、人声を耳にして目を覚ました。

ぼんやりとした頭に、少し離れたところで話している男の声が響いてくる。

「ですが、閣下。『梟(ふくろう)』がわからない……、ええ、手を尽くして調べてはいるのですが、ご存知の通り。……そうですね、あるいは、限界なのかもしれません」

天井の高い部屋だ。

空間に溶け込むシャンデリアも、レトロでいい。

他にも、部屋の中に置いてあるものは古色蒼然とした骨董品ばかりで、その大部分が東洋趣味に寄ったものだった。

中国風の飾り棚。日本の長櫃。それ自体商品になりそうな棚やテーブルにも、オリエント調のものがあふれ返る。

中国の仏像。明朝の壺に色絵の大皿。事務机の両脇には、赤茶けた色のシーサーまで置いてある。

（かわいい……）

クリンとしたあの特徴的な目が侵入者に物言いたげな視線を送る様は、なんとも愛らしい感じがした。

そんな中にあって、唯一この部屋にそぐわないのが、タールのようなものが塗られた黒光りする木箱だ。しかも、濡れているのか、下に新聞紙が敷かれ、それが湿って色が変わっているさまが、またとってもみすぼらしい。

それを残念に思いつつ、尊がさらに視線を移していくと、大きな窓の前に背の高い一人の男が立っているのが見えた。

スラリと美しいシルエットの男である。

こちらに背を向けて立っているので、顔は見えないが、髪の色といい、抜群にバランスの取れた四肢といい、間違いなくアリステアであろう。

ということは、ここは、代表取締役の執務室なのだ。

（どうりで、置いてあるのが年代物の高級品ばかりなわけだ……）

男が、「ああ、それと」と言って、電話での会話を続ける。

「今回の騒動で、ちょっと気になるものを見つけました。――そうですね」

大きく取られた窓からは、オレンジ色に染まった西日が射している。

そして、この部屋が本当にアリステアの執務室なら、位置的に正面玄関の真上にあたるため、その窓からは、キング・ストリートの街角がゆうゆうと見渡せるはずだ。

ごそごそと動いた尊に気づいたのか、窓の前で振り返ってこちらに視線を向けたアリステアが、電話の相手にいとまを告げる。

「ただ、すみません、今は……、はい、こちらも、引き続き努力はしてみますので、閣下のほうでも、あとのことをよろしくお考えください。――ええ、では、ごきげんよう」

片手で切ったスマートフォンをしまい、アリステアが尊のほうに歩いてくる。

「気が付いたか」

「……はい」

「気分はどうだ？」

その頃には身体を起こし、寝かされていたソファーの上に座り直した尊が、ぶかぶかのバスローブの前を合わせながら相手を見あげて答えた。

「特にこれといって不調は……」

答えたものの、そもそも、自分が不調であったという自覚がない。

それに、なんでバスローブ姿なのか。

不思議そうに腕を持ちあげた尊に、アリステアが「君の」と教える。

「濡れた身体を拭いて着替えさせるのも面倒だったので、とりあえず、バスローブにくるんで寝かせておいた。――礼なら受け付けるが、文句は言うなよ」

そこで、尊はすかさず言った。

「ありがとうございます」

だが、やはり、こうなるにいたった経緯がよくわからない。

バスローブを着ていることもそうであるが、むしろ、己の身になにがあったのかということのほうが気になっている。

たしか、大雨のせいで浸水した地下倉庫から荷物を運び上げていたはずだが、最後のほうの記憶があいまいで、あまり思い出せないのだ。

（なにか……）

尊は、思う。

なにか、恐ろしいものに遭遇した気もするのだが、それはなんであったか。

考え込む尊に、アリステアが問う。

「――その様子だと、訊きたいことがありそうだな？」

「あ、はい、えっと」

渡りに船とばかりに、尊は尋ねる。

「僕、どうしたんですっけ？」

「覚えてないのか？」

「すみません」

そこで、優美に眉をあげたアリステアが、「君は」と告げる。

「浸水した地下倉庫で、足を滑らせて溺れたんだ」

「……溺れた？」

「一時は、床上一メートル近くまで水位が上昇したからな。あの時点で、すべての従業員に地下への出入りを禁じたはずなのだが、どうやら、君だけが、その警告を聞き逃したらしい」

説明を聞くうちに、尊はなんとなくその時の状況を思い出し始める。

「……言われてみたら、そうだったかもしれません。僕が地下倉庫に入った時、他に人の姿もなかったから」

「だろうな」

不満そうに応じたアリステアが、「それで」と続ける。

「会議室に集まった従業員の中に君の姿がないことに気づいた私が、慌てて地下倉庫に降りていったら、ちょうど、君が溺れかけているところだった」

説明を聞き終えた尊が、少し考えてから尋ねる。

「その時、もうちょっと、なにかありませんでしたっけ？」

「――なにかというのは、例えば？」

底光りするパライバトルマリン色の瞳でジッと見つめられ、尊は心音がわずかに早くなるのを意識する。

「えっと、例えば、う～んと」

必死で考えを巡らせるうちに、尊の脳裏に、水をかき分けて姿を現わす巨大な生き物の映像がよぎる。

「あ、そうだ。例えば、なにかが水の中から出て来るような――」

とたん、アリステアが眉をひそめ、冷めた口調で応じた。

「それは、常識的に考えて、あり得ないだろう」

「そうですか？」

「ああ。きっと夢でも見たか、倒れた拍子に頭を打ったかして幻覚を見たんだな」

「……幻覚」

「でなければ、そのへんの石像や金銅像を化け物と見間違えたか——」

（……化け物？）

この時点で、尊はまだ一言も「化け物を見た」とは言っていなかったのだが、勝手にそう決めつけたアリステアは、踵(きびす)を返して執務机の前に戻ると、書類を手に取りながら告げた。

「それより、ちょっと前に君の家主に連絡をしておいたから、そろそろ迎えが来る頃だろう。それまで、そこで寝ていてもいいし、調子が悪くないようなら、これにサインをしてくれ」

その言い方はどこか取ってつけたようなものであり、明らかになにかを隠そうとしている様子だ。

（誤魔化された……？）

だとしたら、いったい、アリステアはなにを隠そうとしているのか。

この店には、どんな秘密があるのだろう。

さっぱりわからないが、きっと、とんでもない秘密に違いない。

ただ、そうは思っても、相手はあくまでも雇用主であり、言われたことを無視するわけにはいかない。

「……サイン？」

渡された紙を見おろしながら、尊が胡乱げに繰り返すと、アリステアはとても事務的な口調で「それは」と告げた。

「休日出勤の申請書類だ。休日手当を支給するのに、形式上、提出してもらう必要があるのでね」

「休日手当――」

突然現実的なことを言われ、尊は戸惑いつつ了承する。

「……わかりました」

「もし、じっくり読みたければ、持って帰ってくれて構わない」

「ああ、いえ」

応じた尊が、立ちあがって言う。

「ペンをお借りしていいですか？」

「ああ」

答えつつ、アリステアは、執務机の上の万年筆を手に取って渡す。黒光りする表面に螺鈿細工の施された、これまた年季の入っていそうな万年筆だ。

ただ、尊としては、安くてもいいからボールペンが欲しかった。

尊が使い慣れない万年筆に四苦八苦しながらヘタクソな字でサインをしていると、

机上の電話機が鳴り、アリステアが受話器を取る。

「──ああ、わかった。通してくれ」

短く答えて電話を切ったあと、アリステアは、サインを終えた紙を情けなさそうに見おろしている尊に言った。

「迎えが着いたそうだ」

「……迎え？」

そういえば、さっきもそんなようなことを言っていたなと思った尊が、「まさか」とつぶやいている間にも、背後で扉が開き、一人の男が颯爽と入ってくる。

「アリステア・ゴドウィン！」

アリステアのフルネームをかしこまって呼び、男は険呑な口調で問いつめる。

「ミコトが溺れたというのは、いったいどういうことだ？　──そもそも、なんでミコトがここに」

だが、そこで振り返った尊と目が合った相手は、一度口をつぐむと、今度はホッとしたように直接尊に呼びかけた。

「……ミコト」

光に透ける薄茶色の髪。

知性を秘めた琥珀色の瞳。

すらりとした長身は優雅で落ち着きがあり、立ち居振る舞いのすべてに余裕と上品さが備わっている。

その場に現われたのは、英国紳士を体現したような男であった。

アリステアが「光の天使（ルシファー）」であるとしたら、こちらはまさに地上の王国を総（す）べる君主の風格と言えよう。

「ダリル――」

尊が、戸惑い気味に相手の名前を呼び返す。

ダリル・スローン＝ケンジントン。

それは、尊が現在居候している家の家主であり、且つ、なにを隠そう、未来のケンジントン侯爵その人であった。

5

「大丈夫だったか、ミコト」

大きな両手で尊の首を包み込むように持って上を向かせたダリルが、心配そうに顔を覗き込みながら言い募る。

「どこも、ケガはないな？」

「ああ、はい」

「だけど、溺れたなんて、さぞかし怖かっただろう？」

「――いえ」

尊が答えようとすると、それより早く、背後でアリステアが冷たく言った。

「怖いもなにも、彼の場合、たいして覚えていやしない」

それに対し、スッと琥珀色の瞳を向けたダリルが、「また、君は」と言い返す。

「そうやって使うだけ人をこき使っておいて、なにかあれば突き放す。悪い癖だぞ」

「は。バカ言うな。僕は単に、君のように過保護じゃないだけだ」

すると、顔をしかめて嫌そうな顔をしたダリルが、尊に視線を戻して問いかける。

「あんなことを言っているが、どうする、ミコト。ここを辞めるか？」

「――え？」

なぜいきなりそんな話になるのかわからないまま尊が驚く前で、ダリルが「もし」と続けた。

「辞めたければ、無理をしてまで働かなくても、遠慮なくそう言っていいんだぞ？」

「あ、いや」

尊がうろたえながらアリステアに視線を流すと、彼はどうでもよさそうに肩をすくめてみせた。その様子からして、これ以上ためらっているとこの場でクビを言い渡されそうだったため、慌てて言い返す。

「大丈夫です。このお店もミスター・ゴドウィンのことも、大好きだから」

「……へえ、そうなんだ」

なぜか残念そうに応じたダリルが、すねたような表情になってアリステアを睨(にら)む。

「だそうだが、相変わらず、君は人をたらし込むのがうまいな」

「人聞きの悪い」

片手を振って否定したアリステアが、電話の内線を押して秘書に向けて命ずる。

「……ああ、ミセス・アンダーソン。ミコトの服がそろそろ乾いていると思うので、持って来てください」

それから、秘書が入ってくるまでの間に、パライバトルマリン色の目を細めて「そう言う君こそ」と言い返した。

「性懲りもなく、同じ轍(てつ)を踏まないよう気をつけろ」

「――ふん。それこそ、余計なお世話だ」

二人の喧嘩(けんか)腰の会話をハラハラしながら聞いていた尊は、ややあって入室してきたミセス・アンダーソンから服を受け取ると、別室で手早く着替えを済ませた。

そうして準備の整った尊の肩を抱くようにして歩き出したダリルに対し、尊は、扉の前でアリステアを振り返って挨拶する。

「では、帰ります、ミスター・ゴドウィン。えっと、また来週」

「──ああ、お疲れさん」

店を出ると、外はすっかり晴れていた。

「──あ、虹」

尊が空を見あげてつぶやくと、数歩先で立ち止まったダリルが振り返る。その動きに合わせ、上質そうなコートが風をはらんで翻った。

「どうした、ミコト」

「虹が……」

「ああ」

そこで一旦空を見あげたダリルが、すぐに顔を戻して言う。

「で、虹がなんだって？」

「いや、きれいだなあと」

「──なるほど」

小さく笑ったダリルが、「こんな場所で虹を見つけられるなんて」と続ける。

「ミコトは、まだまだ純粋なんだな」

「そうですか？」

尊としては、虹は万人が好んで見つけようとするものだと思っていたのだが、どうやらダリルにとっては、ただの光学現象以上のものではないらしい。

薄れゆく虹を名残惜しそうに見あげた尊は、ダリルにうながされて歩き出す。

だが、その時、出て来たばかりの「ブルーブルズ」の屋上でなにかが白く輝くのを見た気がして、ふたたび立ち止まった。

(――今の、なんだろう?)

そう思って目を凝らすが、その後は特に何も起こらない。ただ、当たり前にビルが建っているだけである。

ほどなくして再度呼ばれたところで諦め、尊は小走りにダリルのもとへと近づいた。

横に並んだ尊に、ダリルが優しく訊く。

「それはそうと、ミコト、お腹、空いているだろう?」

「あ、はい」

言われてみれば、朝からまともにご飯を食べておらず、尊は自分が腹ペコだったことに気づく。

「すごく空いてます」

「なら、途中でなにかうまいものでも食って帰ろう」

そこで彼らは、近くに停めてあったアストンマーチンに乗り込んだ。

そんな彼らの背後にある「ブルーブルズ」の屋上では、かなり前から、従業員が浸水被害にあった商品の一部を運びあげ、天日干しや日陰干しにしていた。

そんな中、一人の従業員が、別の従業員に一枚の石板を見せて尋ねる。

「……なあ、おい。これって、なんだっけ？」

「さあ、なんだろう」

言いながら手元の書類をめくった相方が、ややあって答える。

「書いてない。……ただの瓦礫だろう」

「え、もしかして、倉庫の壁か床が剝落したのか？」

そう言いたくなるのもわかるくらい、それは美術品とはほど遠いただの石板で、表面にうっすらと図像が刻まれている。

後光の射した蛇に羽が生えたような、そんな形にも見えなくはない。

しげしげと石板を眺めている従業員に対し、もう一人の従業員が忙しなく手を動かしながら教える。

「たとえ遺跡からの発掘品でも、出自が不明になれば、もはやガラクタだからなあ。地下の倉庫には、そんなものがゴロゴロしているのが今回の一件でわかったから、在庫の見直しをすべきだと営業部長が言っていたよ」

「ああ、まあ、そうだろうな。約一世紀半の歴史があれば、そういうものが出て来たとしてもおかしくはない。——だけど、それって逆に言ったら、すごいお宝が隠れているかもしれないってことか」

石板を手にした従業員の能天気な発言を聞き、相方が冷静に突っ込む。

「バカ言うな。骨董を扱う店の倉庫にそんなお宝が眠っているようじゃ、もはや骨董店の看板をさげたほうがいい。手に入れた時点で重要ではないと判断されたからこそ、商品番号も曖昧なまま放っておかれたわけだから、所詮はガラクタさ」

「なるほど」

納得した従業員は、少し悩んだ末、それを商品とは別にして日時計のそばに置く。ちょうどいいオブジェになると思ったのだろう。

そんな彼に、もう一人の従業員が「それより」と言う。

「あと少しだから、早く片づけて飲みに行こうぜ。仲買人（ディーラー）のマードリックさんが、今日の働きを労（ねぎら）って奢（おご）ってくれるって話だから」

「マジか」

そこで二人は、石板のことなどそっちのけでとっとと仕事を片づけてしまうと、勇んで階下へと降りて行く。

そうして誰もいなくなった屋上では、日時計のそばに放置された石板にオレンジ色の西日が当たり、そのままどんどん太陽光が吸収されていく。

その遥（はる）か上空には虹が出ていて、あちこちで光の乱反射が見られる。

と——。

ややあって、不思議なことが起こった。

ほとんど識別ができないくらい薄くなっていた石板の中の図像の輪郭が、しだいに濃さを増し、はっきりと認識できるようになってきたのだ。

それは、喩えて言うなら、映像クイズなどに見られる、画面の中の一部だけが徐々に変わっていく、あの不自然な変化に酷似している。そんなところが変わるはずがないという場所が、見えない手で上書きされているかのように変わっていくのだ。

やがて、誰の目にもはっきりとわかるくらい図像の輪郭がしっかりしてくると、その線に沿って小さな光が走った。

一度だけでなく、二度、三度。

そのたびに、石板に命の鼓動が宿っていくかのような、そんな有機的な光り方だ。

ただし、それはすべて一瞬のできごとであり、その変化に気づく者はどこにもなかった。

第二章　災禍の日々

1

半年後。

寒い冬が過ぎ、そろそろ薄手のコートにしてもいいような季候となった春の朝、いつもの時間にのそのそと起き出した尊は、洗面所で顔を洗おうと蛇口をひねったところで、「あれ？」と思う。

水が出ない。

寝惚(ねぼ)けたのかと思って蛇口をひねり直すが、やはり出ない。

シンクに頭を突っ込むようにして逆さに蛇口を覗(のぞ)くが、それでも水が出てくる気配はない。

（……え、なんで？）

ロンドンのウエスト・エンドに位置するノッティングヒル。

そこに、尊が間借りしているダリルの家はあった。

お洒落な街並みで観光客にも人気が高いこのエリアは、住むとなったら、それなりの覚悟が必要なくらい地価が高い。

それでなくても、ロンドンは、世界一家賃の高い街として有名である。

だが、そんな常識もなんのその、この家は——いや、もはや屋敷といったほうが正確であろうが——、一般的な生活スペースとは別に二つのゲストルームを有する三階建ての豪邸である。

第十三代ケンジントン侯爵の直系の孫で、やがては爵位とそれにともなう家禄を継ぐ身であるダリルは、すでに手にしている利権の管理さえしっかりやれば、生涯お金に困らない生活を送ることができる。

いや、困らないどころか、どんな贅沢も許される身だ。

この家が建っている場所とその周辺も、かつては領地の一部であったため、現在も「スローン・エステート」という、何代にもわたってケンジントン侯爵を継いでいるスローン家が経営する会社が管理している。

それは、なんという特権であることか——。

では、なぜ、そんな上流階級の家に、尊は居候することができたのか。

すべては、数年前、日本にいる姉の真理恵が結婚したことで始まった縁である。

みずみずしく滑らかな肌を持つ尊と同じく、真理恵も色白の美人で、その美貌と知性を活かし、見事某大手テレビ局のアナウンサー試験に合格した。

その後、新人二年目にしてお昼の帯番組のアシスタントに抜擢されたのをきっかけに売れっ子アナウンサーへと飛躍を遂げ、報道番組からバラエティ番組まで幅広く活躍していたのだが、たまたま、ある番組で知り合った年下の外国人タレントと恋に落ち、電撃結婚をして世間を驚かせた。

それが、レナード・スローンという、ダリルの従兄弟だったのだ。

もっとも、真理恵が、レナードの一族が貴族の称号を持つと知ったのは、彼の両親に挨拶をするために初めてイギリスにあるカントリー・ハウスを訪れた時であったらしい。その際の驚きと興奮に満ちたメールと、それに添付されていたスローン家の実家の写真は、今でも尊のスマートフォンに残されている。

それは、家ではない、「ハウス」という名のお城だった。

城には執事もいて、緊張のあまりのどがカラカラに渇いていた真理恵は、所望した紅茶が出て来るまでに時間がかかり過ぎて、途中で執事の手からひったくろうかと思ったくらいだそうである。

つまり、それほど丁寧に紅茶を淹れてくれたということだ。

育ちの良さが出ているらしく、レナードはおっとりとした明るい雰囲気を持つ青年で、尊ともすぐに打ち解けた。

そんなレナードの父親とダリルの父親が兄弟で、兄であるダリルの父親が晩婚であったことから、次男の次男であるレナードと長男の長男であるダリルが同い年という状況が発生した。そのため、二人は同じパブリックスクール出身者として互いの兄弟姉妹より親密に育ち、卒業後、レナードが二人の憧れだった日本に渡ってからは少し疎遠となっていたが、真理恵との結婚を機に親交が復活したようだ。

そこで、英国留学が決まり、所属する大学を通じてロンドンでの住まいを探していた尊に対し、レナードから、従兄弟のダリルの家に部屋が余っているから、そこに住んではどうかという提案があったのだ。

もちろん、尊のほうに否はなく、その後、先方の希望で、尊が一度一人でロンドンへと渡って家主と直接面接をすることになったが、その際の渡航費用等はすべて負担してもらえた。

そうして出会った二人であるが、尊の中でのダリルの第一印象は、「ダンディ」の一語に尽きた。

これほどすべてが上品で滑らかな人間を、尊はこれまで見たことがない。

まさに、男の憧れである。

もちろん、義兄となったレナードも似たような雰囲気を持ってはいるのだが、優しさと卑屈さが表裏をなすレナードに対し、ダリルは押しが強い分、どんな時でも堂々としていて、それが決して粗野にはならない。

初対面で緊張していた尊にも、困らない程度の強引さで色々とものを勧めてくれ、さらにあれこれ手配してくれるそつの無さが絶妙であった。

おかげで、すっかり打ち解けて話すことができ、別れ際には、「レナードの大事な義弟であれば、僕にとっても大事な義弟も同然だから、大船に乗ったつもりで留学しておいで」と言ってもらえた。

そして、話はとんとん拍子に進み、現在に至っているというわけだ。

二人の同居生活はすこぶる順調で、ダリルは宣言通り、本当に弟のように尊をかわいがってくれて、ドミニクやアリステアが言っていたように、若干過保護なくらいであった。

それを思うと、誰も何も言わないが、留学して一カ月もしないうちに、著名な「ブルーブルズ」でのアルバイトが決まったのも、ダリルの口利きがあったかなにかした可能性は大いにあり得る。

なにせ、ケンジントン侯爵は、「ブルーブルズ」の最大の後援者であったし、さらに言えば、ダリルとアリステアもまた、パブリックスクール時代からの友人同士であるからだ。

そうなると、もはや尊の快適な留学生活は、授業以外、なにからなにまでダリルの援助の上にあると言えそうだ。

「……う～ん、困った」

蛇口を前にして途方に暮れた尊が、仕方なくパジャマ姿で部屋を出ようとした際、ドアの前に置かれていたペットボトルに躓いて転びそうになった。

「うわ。……なんで、こんなところにペットボトルが置いてあるんだ？」

首をかしげつつも、それを危なくないよう脇によけてから階下に降りていった尊は、応接間にいたダリルに声をかける。

「おはようございます、ダリル」

「やあ、おはよう、ミコト」

広々とした応接間には壁に巨大なテレビがはめ込まれていて、朝の陽射しが斜めに差し込む向こうで、天候に関するニュースが流れていた。

それに気を取られつつ、尊がまずは窮状を訴える。

「……それで、あの、部屋の水が出ないんですけど」

「ああ、そうなんだよ」

ダリルがテレビの画面を顎で指しながら教える。

「このところの水不足で、ついに今朝から給水制限が敷かれることになったんだ」

「……給水制限？」

聞き返しながら尊がテレビを見ると、若い女性のニュースキャスターが天気図を示しながら深刻そうに話していた。

それによると、この数ヵ月、雨が一滴も降っていないため、ロンドンはこのままだと深刻な水不足に陥るだろうということだった。そのため、政府は、急遽、市内全域に給水制限を敷くことにしたという。

しばらく画面を見ていた尊が、「それなら」と訊く。

「今日は水が使えないんですか？」

「時間にもよるけど、少なくとも今は使えない」

ダリルに言われ、尊は小さく天を仰ぐ。

それは、もう少し前に教えておいて欲しかった。

そうすれば、水が出るうちに起きて支度をしたのに、このまま顔も洗えず、歯も磨けないとなると、大学に行くのが億劫になる。

そんな尊に、ダリルがテーブルの上に置いてあったミネラルウォーターのペットボトルを取って差し出した。

「ということで、身支度にはこれを使ってくれるかい？」

「……え？」

尊が、驚いて訊き返す。ラベルを見る限り、一般に売られているものより、かなり高額なミネラルウォーターだ。

「これを、飲まずに、使うんですか？」

「そう」

あっさり認めたダリルが、「いちおう」と別の一本を手に取って飲みながら続ける。

「同じものを何本か、君の部屋にも届けるように言っておいたんだが」

「ああ、ありました」

尊は、ちょっと前に蹴っ飛ばして来たペットボトルを思い出して納得する。つまり、あれは、水道水代わりに使っていいということだったらしい。

なんと贅沢な――。

尊にしてみれば、「もったいない」の一語に尽きる。もし事前にわかっていたら、夜のうちにバスタブに水を溜めておいて、それを使えばいいだけのことだからだ。

尊が尋ねる。

「ちなみに、給水制限が発表されたのっていつですか？」

「一週間くらい前かな」

「そんなに？」

それだというのに「寝耳に水」だった自分も情けないと、尊は反省する。

ダリルが、「僕が」と教えた。

「入れ知恵して、議会で父が提案したんだ。——遅いくらいだけど」

「へえ。……ダリルのお父さんが」

ダリルの父親は、ダリルにとって祖父にあたるケンジントン侯爵から引き継ぎ、現在は貴族院で議員を務めている。そして、ダリルは、いずれそのあとを引き継ぐための勉強を兼ね、政策秘書の一人として父親の下で働いているはずだ。

ダリルが言う。

「ということで、そろそろ朝食ができる頃だから、一緒に食べよう。——ただ、その前に着替えておいで」

言われて、尊は自分がパジャマのまま話していたことに気づいて慌てる。

「……あ、そうか。すみません、こんな恰好で」

そこで、ペットボトルを手に踵を返し、急いで部屋へと戻った。

シャツを羽織ってズボンをはき、薄手の上着を手に取ったが、ふと、それだけでは寒いかと思い直してクローゼットをもう一度開いた。

「えっと、たしか、どこかにパーカーが……」

日本のスポーツチームのロゴが入ったパーカーで、そのデザインの良さが尊のお気に入りとなっている一枚である。

だが、どれほど捜しても、そのパーカーが見あたらない。

「……あれ、変だな？」

尊は、一度捜す手を止めて、考える。

「あのパーカー、どうしたっけ？」

しまうとしたら、このクローゼット以外に考えられない。

それでも、念の為、別のタンスの引き出しを開けて中をさぐるが、やはりどこにも見あたらなかった。

「やっぱ、ないよな」

だとすると、いったいどこにやってしまったのか。

（もしかして、どこかで落とした？）

それは、かなりの衝撃である。

せめて、この家のどこかに置き忘れていればいいのだが、常時使用人たちの手で塵ひとつなくきれいに掃除されモデルルームのように整っているこの家に、余計なパーカーが落ちているとは考えにくい。

（そもそも、あれを最後に着たのって、いつだっけ？）

尊は、自分の記憶を辿ってみる。

（たぶん、秋口に着ていたはずだけど……）

一所懸命思い出そうとするが、どうしても思い出せない。

そのまま時間ばかりが過ぎてしまい、あまりダリルを待たせるわけにもいかないと思った尊は、ひとまずパーカーを捜すのを諦（あきら）め、少し厚手のコートを手にして自分の部屋をあとにする。

だが、案の定、先に食堂で食事を始めていたダリルが、尊の恰好（かっこう）を見て小さく首をかしげた。

「それだと、少し寒いだろう」

「……そうなんですけど、気に入っていたパーカーが見つからなくて、でも冬のコートを持っていくので大丈夫です」

尊が手にしていたコートを掲げて見せると、なにか一言言いたそうに片眉（かたまゆ）をあげたダリルだったが、結局、コメントするのは控えて「まあ、いい」と言って、目の前の席を顎で示した。

「とにかく、食べろ。――大学まで、車で送ってやるから」

「あ、はい」

うなずきつつ、尊はちょっとだけダリルの態度が気になった。

会ってすぐの頃は、ああだのこうだのと口うるさいくらいに生活全般に介入してきていたのに、ある時からぱったりと口を出さなくなったのだ。

言いたいことがあるのに言ってくれないのは、逆に相手の意向を読み取るようにしないといけないため、少々気疲れするし、尊の中には、祖父の教えである「言われなくなったら終わりだ」という考えが染みついている。

（もしかして、僕は、なにかダリルの気に障ることでもしたのかな？）

ただ、だからと言って追い出されそうな気配は微塵もなく、ダリルとの生活は淡々と続いていたし、時間があれば、どこかに連れて行ってくれたり、宿題をみてくれたりすることもあった。

まだ出会って一年も経っていない関係であれば、これが本来のダリルであり、尊の思い過ごしということも十分あり得る。

そこで、あまり余計なことは考えないようにして、食事を終えた尊は、ピカピカのアストンマーチンで大学まで送ってもらった。

2

「――伝説によれば」

ナサニエル・ウォルター教授が、学生たちの顔を見まわして言う。

「中国の道士たちは、天候すら自在に操ることができたそうだ」

ラッセル・スクエアにあるロンドン大学東洋アフリカ研究学院、通称「SOAS」。

ここで、尊は、主に中国美術の勉強をしている。

二十世紀初頭に建てられた校舎は、残念ながら、歴史あるオックスブリッジのような趣きのあるものではなかったが、アジア、アフリカ、中東を対象とする研究機関としては世界屈指の場所だった。

ただ、そうだとしても、なぜ、日本人である尊が、わざわざイギリスにまでやって来て中国美術の勉強をする必要があるのか。

なんと言っても、日本は中国の隣にあり、渡来品を「唐物」と尊重して、昔から大陸文化を吸収してきた国である。どうせ勉強するなら、かつての「遣唐使」たちのように、本場中国へ行って勉強すればいいはずだ。

事実、日本美術に興味のあった尊が、中国美術——ひいては、中国文化を学ぶきっかけとなったのも、なにを勉強しても、日本美術の奥には古代中国の存在がちらつき、ならばいっそ、根底にある文化を学んだ上で、それがどうやって日本独自のものへと変化したのかを知りたくなったからだった。

だが、中国で学ぶためには、当然、習得が難しいと言われる中国語に精通しなければならないのと、もう一つ、これは中国にとってはとても悩ましい問題であるだろうが、四千年の歴史を誇る大国であるにもかかわらず、異民族による統治や文化大革命の最中に大量の美術品が行方不明になるなどの歴史を経たため、近年まで体系的な美術史や文化史といったものが確立してこなかった。

最近こそ、国をあげての文化財保護に力を入れているが、それは本当に最近のことでしかない上、秘密主義でもあるため、あまり他国の人間が学ぶのに適していない。

それに比べ、世界の覇者となった大英帝国時代のイギリスでは、ちょうど東洋趣味がもてはやされた影響もあって、日本の伝統工芸品と並んで、中国の美術品や発掘品が大量に流れ込み、当時の熱心な学者たちによる研究が進み、長きにわたって世界に誇れる学術体系を作り上げてきた。

もちろん、紳士の国らしく、門戸は広く開かれていて、その気があれば、誰でもそこから好きなだけ学べる。

しかも、研究対象に日本も含まれていることから、日本の大学にも提携先が多く、尊が学んでいた大学もそのうちの一つだった。

つまり、典型的な日本人である尊のように優柔不断で人任せである学生にとっても、受け入れ態勢が整っていてとても学びやすい場所なのだ。

尊が師事するナサニエル・ウォルター教授は、そんな伝統ある中国文化研究の第一人者で、彼の下で学んだ中国人が故国に戻って新たな発掘調査を行ったりしているほどであった。

ウォルター自身も、中国政府の高官と付き合いがあることから、時おり、招かれて発掘調査の現場へ足を運んだりしていた。

そんな教授の現在の興味は、もっぱら中国神話の上にある。

一緒に講義を受けているドミニクが訊く。

「それは、現在の『気象庁』や『ウェザーニュース』のように、予報が精確だったということでしょうか？」

「いや、そうではなく、あくまでも天候操作だよ。——誰もが夢見る天候操作」

「つまり、マクベスの魔女のようにですか？」

「あれは戯曲だが、まあそういうことだ」

ウォルターの言葉に、別の生徒が意見する。

「ですが、教授。虚構という意味でなら、貴方のおっしゃっている『伝説』もそう変わりませんよね？」

尊が留学して驚いたのは、イギリスでは、学生が教授に堂々と自分の意見を言うことだった。日本では考えられない光景だが、こちらでは、むしろ教授のほうから意見を言わせる機会も多く、それが当たり前のこととなっている。

「バカな。全然違うよ。そうでなければ、神話学など研究する意味がない。——そうは思わないかね、ミスター・アマノ？」

突然指名され、なにも考えていなかった尊は慌てて姿勢を正した。

「はい、教授のおっしゃる通りです」

「ありがとう」

礼は口にするが、ウォルターはあくまでも尊の考えを言わせたかったようで、「では」とさらに突っ込んだことを訊いてくる。

「なぜ、私が『そうでなければ、神話学など研究する意味がない』と言ったか、その理由を教えてくれないか？」

「……それは、えっと」

尊がなにをどう説明していいかわからずに冷や汗をかいていると、日頃、ウォルターから目をかけられているドミニクが、すかさずフォローしてくれる。

「本来、神話や伝承などには、当時の習慣や習俗、思想などが織り込まれていると考えられるため、一見途方もなく思える話も、分類し系統化すれば、そこに、歴史上失われてしまった文化の一端を垣間見ることができるゆえに、研究する意味があるわけで、もしそれをせず、あくまでも戯曲など虚構と同じように扱うのだとしたら、研究する意味はないと、教授はおっしゃりたかったのだと思います」

ほぼ百点満点の答えを口にした上で、ドミニクは「もっとも」と付け足した。

「戯曲や小説も文化遺産と考えるなら、そこにも、当時の習慣や思想が織り込まれているわけで、まして、それがシェークスピアとなれば、なおさらでしょう」

「たしかに、君の言う通りだ」

認めたウォルターが、「しかしだ」と諭す。

「虚構として書かれたものは、やはり虚構であり、神話や伝説、民間伝承などとは一線を画す必要がある。そうでなければ、たとえば、現代や近現代を舞台にした魔法使いの物語を分析した時に、その時代に相応の魔法が存在したことになってしまうだろう」

「そうですね」

ドミニクがうなずき、ウォルターが「ああいった」と続ける。

「物語で使われる魔法などは、原型となる神話や伝説から借用し、さらに誇張したものに過ぎない。つまりは、神話の入れ子状態だ。そうなると本質を見極めるのは難しく、そこに学術的な文化遺産を見出すとしたら、『ケルト神話』や『ゲルマン神話』の片鱗を見つけられるくらいだ」

尊は何度も首肯しながら、急いでノートにメモを取る。

教授が、そんな学生たちを順繰りに見ながら、「むしろ」と言った。

「現代に書かれた魔法使いの物語を分析するなら、そこに描かれる魔法のお菓子やゲームなどから、近現代の代表的な習俗を洗い出すことのほうが、遥かに高尚な学問と言えるのではないかね？」

ウォルターの考えを、ドミニクが自分なりに言い換える。

「虚構も、それが書かれた時代を映す鏡であるからですか？」

「その通り」

深くうなずいたウォルターが、「それに対し」と説明する。

「神話や伝説は、原型の成立年代がはっきりしないという欠点があるものの、史実を物語化したものという認識のもと、それがどれほど荒唐無稽であろうと、我々は、かつて存在した可能性のある技術や知識を、虚構という肉を削ぎ落として骨格としてとらえ直す必要があるわけだ」

「つまり、古代中国では、なんらかの技術や知識を使って、天候操作も可能だったということでしょうか？」

別の学生がウォルターの最初の言葉に戻って尋ねるが、ウォルターは軽く肩をすくめて明言を避けた。

代わりに、「君たちも知っての通り」と言う。

「中国神話の難しいところは、これという第一級資料に乏しく、体系化されていない点にある」

「儒家の呪いですね？」

ドミニクが阿吽の呼吸で言い、うなずいたウォルターが歌うように告げた。

「『怪力乱神を語らず』、だ」

話を聞きながら、尊もうなずく。

これは、さすがに尊にもわかる。

儒家を代表する孔子の言葉で、神々のことや目に見えないもの、その他世迷言を語るのを避けようという教えだ。

儒学は、中国の歴史の核をなす思想と言っても過言ではなく、日本にも『論語』の愛読者は大勢いたし、いまだに現代風にとらえ直した注釈書が出版されたりする。また、ヨーロッパにおいても、イエズス会の宣教師たちによって翻訳されたものが広まり、啓蒙思想家たちに影響を及ぼしたと考えられている。

すかさず、ドミニクが呼応する。

「孔子の生きた時代の中国では戦争が多く、そういった乱世にあっては、目に見えない世界のことより、もっぱら国を強くするための経世的なものが求められたためですね？」

疑問形にしつつ、ドミニクは「ただ」と続けた。

「それは、中国神話にとっては大きな痛手で、抑圧されて消え失せるものも多く、体系化を阻むきっかけとなったのでしょう」

　尊には完璧に思えた言説であったが、両手を組んで人さし指だけを立てて聞いていたウォルターが、その手を解いて応じた。

「惜しいな。――だが、そうやって自分なりの意見を述べるのは、大事なことだ」

　尊は、自分に言われている気がして、とっさに首をすくめる。

　英語がネイティブに話せない上に、意見を述べることに慣れていない彼にとって、これはもはや苦行に近い。

　ウォルターが説明する。

「たしかに、体系化は阻まれたが、それは消え失せたからというより、むしろ手を加えられることで、その本質が見えにくくなったためと考えたほうがいい」

「……手を加えられる？」

　ポカンとした学生たちの顔を満足げに見まわし、ウォルターは続けた。

「いいかね。『怪力乱神を語らず』という言葉の背景には、その時代、いかに人々が神や迷信の類を信じていたかという事実がある。――考えてもみたまえ、世情が不安定な時ほど、人は神や仏にすがるものだろう」

「たしかに、そうですね」

　ドミニクが相槌を打ち、それをリズムにしてウォルターは言った。

「それに、ある宗教や迷信などを禁じる場合、禁じた側が、その宗教や迷信を信じていなかったからだという理屈は、往々にして通らない。むしろ、信じるがゆえに、統制を取るために禁じた場合がほとんどで、中国においても、『諸子百家』と呼ばれる時代の先駆者たちは、人々の信仰心を巧みに利用し、自分たちの思想にとって都合のいいように神話や伝説を書き換えた」

「書き換えたんですか？」

「そうだ。ヨーロッパにおける『王権神授説』などがそのいい例だが、君がなにかを手っ取り早く権威あるものにしたければ、そこに神の存在をちらつかせればいいわけだから」

「なるほど」

学生が一様にうなずき、尊もノートに書きつける。

ウォルターが、「一説には」と教えた。

「孔子も、鬼神について、実によく知っていたらしい。――もっとも、これは史実としてというよりは、民間伝承としてそんな逸話も残っているというだけの話で、そうした民間伝承の類では、中国にはまだ未発見だったり、整理されていない伝説や伝承といったものが山のようにあると考えていい」

「まさに、伝説の宝庫ですね」

「その通りで、そんなもののうちの一つに、十九世紀に英国人によって発見されたとされる奇書『百物符』があるのだが……」

途中からどこか熱に浮かされたような口調になっていたウォルターは、そこで一旦言葉を切ると、「しかしまあ」といつもの淡々とした講義口調に戻って言った。

「我々は神話学ではなく、あくまでも中国美術を学んでいるのであり、中国古代の遺物には、そうして民間伝承レベルで生き残った鬼神の姿などが描かれたりしていることを踏まえ、後期、このクラスでは、そうしたものを、『山海経』や『楚辞』の『天問篇』などを通じて学んでいくことになる。——例えば、西周初期の青銅器上の図像などは、旱魃をもたらす鬼神である可能性があるし、他にも、私が以前、中国本土のとある家で見せてもらった掛け軸には、水害をもたらすものとして、牛の顔をした虎のような縞模様を持つ化け物である『軨軨』が描かれていた」

必死にノートに走り書きをしていた尊は、「牛の顔、虎のような」と書きかけてペンを止めた。

(……牛の顔をした虎のような縞模様を持つ化け物？)

その瞬間、そんなものを見た記憶が蘇り、尊は混乱する。

(あれ、えっと、どこで見たんだ？)

現実だったか。

それとも、夢か。

それすらも曖昧だったが、たぶん夢だろう。

現実にそんなものを見ることは、あり得ない。

悩む尊をあざ笑うように、その時、ゼミ仲間の一人が真面目くさって言い出した。

「それなら、最近、ネットやテレビで騒がれている輝く蛇の正体も、そんな化け物の一種なんですかね？」

「輝く蛇？」

ウォルターが意外そうに繰り返し、尊もハッとしてその学生を注視する。

「そんなものが、目撃されているのか？」

「はい。イギリスのあっちこっちで目撃されているみたいで、空を飛んでいる映像がいくつか出回っていますよ。――たとえば、これとか」

言いながら、スマートフォンを取り出した学生が、ネットに投稿された画像を教授に見せる。

尊も首を伸ばして横から覗き込むが、そこには、青空を背景に、細くうねるものが黄色く輝きながら動く姿が映し出されていた。

ただ、あまりに遠目過ぎて、糸屑のようにしか見えない。

「……ほお」

興味を引かれた様子のウォルターに対し、別の学生が、「どうせ」と意見する。

「合成か、ドローンを使った映像だろう」

「でも、専門家が映像を分析しても、よくわからないと言っていたし」

「なら、現実にそんな化け物がいると言う気か？」

「だって、古代の中国にいたなら、現在のイギリスにいてもよくないか？」

「よくないね」

その会話は、尊の内面の葛藤と完全に一致している。

現実に化け物がいるという認識は、してもいいものなのか、よくないことなのか。

それに、そもそも——。

(化け物って、なんだ？)

尊の疑問をよそに、そのまま議論は白熱していきそうであったが、なんとも絶妙なタイミングでチャイムが鳴ったため、その日の授業は終了し、尊は、もやもやした気持ちを抱えたまま、アルバイト先である「ブルーブルズ」へと向かった。

3

アルバイトを始めてから約半年が経ち、尊も随分慣れてきた。

店の中心を貫く方形の太い柱も見慣れてきたとはいえ、最初に見た時は、てっきりそこが倉庫になっているものとばかり思っていた。

それくらい、一辺の幅がある。

内側に棚を巡らせても、中で十分作業ができるはずだ。

いったい、なんのために造られたのか。

まわりに階上へとあがる細い階段が巡らされているため、そういうデザインであると言われてしまえばそれまでだが、尊には、無駄に思えて仕方ない。

しかも、入り口から入って来た真正面、階段の脇にあたる場所には、大きめの牛の置物が据えられている。

唐三彩（とうさんさい）の青い牛。

おそらく、この店の名前の由来となったものだろう。——でなければ、誰かが、店名に因（ちな）んで手に入れたものか。

それはともかく「唐三彩」に馬やラクダは多く見られるが、実は牛はあまり見かけない。もちろんないわけではないが、前者二つに比べてその数は明らかに少ない。それだけに、とても貴重であるはずだが、ここでは、なんともはや、むき出しのまま置いてある。

尊は、ふわふわの埃（ほこり）取りでそっと青い牛の埃を落としながら、時おり「もしかして」と疑っていた。

（——もどきか？）

だが、光沢といい青い釉といい、とてもきれいで魅力的であるため、この際、唐三彩だろうがそうでなかろうがどうでもいい気がした。

（ギュウちゃんはギュウちゃんであって、ギュウちゃん以上である必要はない！）

勝手に、そんなあだ名までつけている。

もっとも、今日は埃を取る手も適当で、尊は完全にうわの空だ。しまいには、牛の上に手をついて考え込む。

（牛の顔をした虎のような縞模様を持つ化け物——）

今日の授業で耳にしたことが、頭から離れない。

（やっぱり、絶対にどこかで見ている）

しかも、かなりゾッとするような体験の中で、だ。

（あれは……）

なんの時であったか。

考えていると、ふいに手の下の感触がムニュッとなり、柔らかさを帯びた。

「——え？」

とっさに手を離し、自分の手を見つめてから驚いて見おろすと、気のせいか、青い牛と目が合った。

気のせいなどではない。

たしかに目が合っているし、その上――。

（……ギュウちゃんが笑った？）

思いながら、おそるおそる撫でてみるが、その感触は、当たり前だが、陶器のつるんとしたものだった。

決して、生き物のような柔らかな感触ではない。

（――だよなあ）

だが、さっきはたしかに、なにか血の通った生き物を触った感触があったのだ。

（もしかして、一瞬、夢でも見ていた？）

考えていると――。

「そんなにびくびくせずとも、その牛は襲ってきたりしないと思うが？」

ふいに上から声が降ってきたので、尊は驚いて顔をあげた。

そこに、階段を降りてくるアリステアの姿があった。

相も変わらず、後光がさすほど完璧な整い方だ。

慌てて青い牛から手を離した尊が、姿勢を正して答える。

「わかっています、ミスター・ゴドウィン。誰も、牛に襲われるとは――」

言いかけた尊は、そこでハッとして言葉を止めた。階段に立つアリステアの姿と今の言葉が合わさった瞬間、尊の記憶にある映像が蘇ってきたからだ。

泥水の中に沈み込もうとする尊の前に現われた、光の天使(ルシファー)。

(そうだ——)

尊は思い出す。

(僕、あの時、襲われたんだ!!)

牛の顔をした虎のような縞模様を持つ化け物に。

それは、半年前に、尊を見舞った悲劇の現場である。

浮かびあがった過去の衝撃で、尊は「あっ」と大口をあける。

当然、今、目の前で取り澄ましているアリステアは、そのことをはっきりと記憶にとどめているはずだ。だからこそ、あの時、アリステアの部屋で意識を取り戻した尊に対し、「化け物」と口を滑らせたのだろう。

今だって、そうだ。

なにかの意図を感じる。

言ってみれば、試されているような感じだ。

黙り込んだ尊を観察するように眺めていたアリステアが、ややあって尋ねた。

「ミコト、どうかしたのか?」

「あ、いえ」

答えつつ、尊は疑心暗鬼になって思う。

（この人、たぶん記憶にとどめているどころか、すべてわかっていて、きっと意識的に隠しているんだ）

それは、あの時の電話の内容にも表れていた。尊がアリステアの部屋で目覚めた時に聞こえた、なんとも謎めいた会話。

（たしか、「封印した」とか「発見された石板」とか……）

そんな言葉が、聞こえた気がする。

だが、いったい、この「ブルーブルズ」には、どんな秘密が隠されているというのだろう。あるいは、アリステア・ゴドウィンというこの稀代の男は、どんな秘密を抱えているというのか。

俄然興味を覚えつつ、尊はひとまずその場は言葉を濁した。客のいる店内で話すようなことではないと思ったからだ。

「本当に、なんでもありません」

ひとまず、嘘には嘘で対抗するしかない。

そんな尊を横目にしつつ、アリステアが行き過ぎる。入り口から入ってきたばかりの得意客を迎え入れるためだ。

店内を優美に移動していくアリステアを目で追っていると、客のあとから姿を現した従業員に声をかけられた。

「お～い、アマノ、ちょっと手伝ってくれないか？」

見れば、彼はとても大きなタンクを運び込もうとしている。もちろん、美術品ではなくそのへんで売っている日用品だ。

慌てて近づいた尊が、手を貸しながら尋ねた。

「どうしたんですか、これ？」

「買って来たんだよ。――ほら、例の給水制限」

「ああ」

そう言えば、今朝、尊も水が出なくて困ったばかりだが、当然、それはダリルの家の話だけではなく、もっと大がかりなことなのだ。

尊が、確認する。

「ここも、そうなんですか？」

「そりゃ、市内全域だからな。――ただ、商業施設は、今のところ、断水するのは夜だけで、日中はまぬかれているはずなのに、今朝は、午前中一杯水が出なくて結構大変だったんだよ」

「へえ」

さすが日本とは違い、そのあたり、とても大雑把だ。

これが日本なら、苦情の電話やメールで回線がパンクしてしまうだろう。

従業員が、「それで」と続けた。

「なんだかんだ、夜だってなにがあるかわからないから、予備として、日中に少し水を溜めておくように言われたから、君にお願いできるかな？」

「いいですよ」

正直、夜のためにわざわざ使うかどうかわからない水を溜めるとなると、給水制限の意味はあまりない気もするのだが、制限される側にしてみれば、当然の予防策である。

まして、彼らは商売がかかっている。

納得した尊は、そのまま彼から仕事を引き継いだ。

そんな尊のことを、接客をしながらアリステアが時おりじっと眺めていた。

4

その夜。

しんと静まり返る「ブルーブルズ」の店内に、人影が蠢いた。

帽子を目深にかぶり顔に大きめのマスクをつけているため、人相などははっきりしないが、幾分か細身で動きにしなやかさがあるため、おそらくまだ若いはずだ。髪は短く、立ち居振る舞いから見て、男性であるのも間違いなさそうである。

ロゴ入りのパーカーを着て、懐中電灯を手に室内を物色している。

ただ、泥棒というには、少々大人しい感じだ。

手当たり次第金品を盗むわけでもなく、ただ、あっちに行ったりこっちに来たり、そうかと思うと、一つの展示品の前で長いこと動かずにいたりする。

その様子は、なにかを必死に探している感じで、実際、「……どこにある？」とつぶやく声が聞こえることもあった。

と——。

ドンッと。

鈍い音をさせて、侵入者が暗闇で転んだ。

「……いってええ」

膝(ひざ)を抱えて呻(うめ)いた侵入者が、しばらくして懐中電灯の明かりを動かす。自分をこんな目に遭わせた相手の正体を暴こうというのだろう。

すると、わずかな明かりに照らされて、暗がりにヌボッと青い牛が浮かびあがった。

「うわっ！」

驚いたらしい侵入者が、尻餅をついたまま「……なんで」とつぶやいた。

「どうして、こんなもんが、こんなところにあるんだよ」

壊れていないことからして、彼がこれにつまずいたとは思えなかったが、そうかと言って、他にそれらしきものは見当たらず、彼は首をかしげる。

いったい、なににつまずいたのか。

（もしかして、ネズミかなにか、いたのか？）

古い建物であれば、夜中にネズミが出たとしても、さして不思議ではない。

結局、自分がなににつまずいてこけたのかわからないまま、彼は、当初の目的を遂行するために動き出す。

「……だけど、本当に、こんなところにあるんだろうか？」

侵入者は、階段をあがりながら半信半疑の様子でつぶやいている。

「もちろん、あるなら、ぜひとも見てみたいし、手に入れたいとは思うけど、この半年というもの、こうして夜な夜な忍び込んでは探しているのに、あの方が言うようなものは、どこにも見当たらない。――もしあるとしたら、あとは」

二階から三階、さらにその上の階にやってきた侵入者は、四階の部屋と廊下が複雑に入り組んだ間取りに辟易し、どの部屋から始めようか、その場でしばし悩む。

結局、手前の部屋から始めることにして動きだそうとした、その時だ。

ドスン、と。

頭上で、大きな音がした。

なにかが落ちたか、でなければ、倒れたような音だ。

だが、たとえ古びてはいても、ここは石造りの建物の中であれば、上階の音がこれほど大きく響くというのは、よほどのことがあったとしか思えない。

もしや、隕石でも落ちたのか。

気になった侵入者は、踵を返し、屋上へと続く階段をあがった。

こんなことをしている場合ではないのだが、下の部屋をいくら調べたとしても、これまでと同様、なんの成果も得られない可能性が高い。

だったら、好奇心の赴くままに屋上へ出てみるのも悪くはないだろう。

階段をあがりきった彼は、屋上の扉をそっと開けた。

とたん、目の前が白く染まる。

「うわっ、なんだ⁉」

とっさに腕をあげて目を庇った侵入者は、それでも逃げずに、薄目を開けて様子を窺った。

いったい、なにがこんなに輝いているのか。

そこに、なにがあるというのか。

と──。

白い輝きの中で、なにかが大きくうねる。

黄色っぽい色をした蛇のようなものだ。

それが、まるで巨大な身体を伸ばすように横に広がり、それとともに白い輝きが一層増した。

「──!」

(化け物!)

侵入者は悲鳴にならない悲鳴をあげると、その場に尻餅をつき、手足をばたつかせてあとずさってから、壁に手をついてなんとか立ち上がる。

最初は膝ががくがくしてうまく歩けなかったが、必死で自分を奮い立たせたようで、そのまま一目散に屋上から逃げ出した。

第三章　アリステア・ゴドウィン

1

翌日。

「ブルーブルズ」に出勤してきたアリステアは、すでに出社していた従業員に「おはよう」と挨拶(あいさつ)をしながら、中央の階段をあがろうとした。

だが、そこで足を止め、青い牛の置物を見おろす。

ややあって、近くを通りかかった従業員を呼び止めて尋ねた。

「君」

「はい(イエス・サー)？」

「誰か、最近、これを動かしたりしたかな？」

「いえ」

呼び止められた従業員は、かしこまって答える。代表取締役直々に声をかけられたこともさることながら、アリステアの美貌に圧倒されてしまうのだろう。

「私は、そういうことは聞いておりませんが」

「まあ、そうだろうな」

まがりなりにも、「ブルーブルズ」を象徴するこの牛の置物に、おいそれと近づく者はいない。禁止されているわけではないのだが、みな、万が一なにかあったら困ると思って近づかないようにしているのだろう。

唯一の例外が、他の人間とは感覚がずれている、アルバイトの天野尊だった。

彼は、なにが楽しいのか、これの埃取りばかりしている。

埃取りだけならまだしも、昨日などは、指紋が付くのも構わずにこれの背中を撫でまくっていた。さすがに注意しようかと思って見ていたのだが、邪気のない瞳で見あげられた瞬間、なにも言えなくなり、ついおかしなことを口走ってしまった。

あれだけ純粋で翳りのない瞳を、アリステアは今まで見たことがない。

特にこれといった実績のない彼を雇い入れたのも、出会った瞬間に、あの瞳に吸い寄せられたからだ。

黒曜石とも違う。

黒いのに、なぜか透明感がある。

それが不思議で、以来、時おり、アジア系の友人知人と会うと、つい瞳をジッと見つめてしまうのだが、やはり、黒は黒で、尊の瞳のように、透明感が先にくるようなものは見かけられない。

(……なんなんだ)

アリステアは、どこか苛立ちにも似た想いで考えていたが、今は、尊の瞳の色など考えている場合ではないと思い直し、小さく頭を振って追いやる。

そんなことより、この青い牛だ。

わずかだが、明らかに、移動している。

(いったい、誰が動かしたのか)

そこで、彼は、自分の執務室に着くと、秘書のミセス・アンダーソンに頼んで、ここ最近の防犯カメラの映像を持ってこさせた。

防犯カメラの映像は、半年間保存できるようになっているが、なにか事が起きない限り、いちいちチェックしたりしない。そして、ここ最近は、特に窃盗事件なども起きていなかったため、これらの映像に目を通すことはなかった。

だが、実際に届いた映像を早まわしで確認すると、驚くべき事実が判明した。

かなりの頻度で夜中に誰かが侵入している様子が映されていたのだ。

(——なんてことだ)

アリステアは、眉をひそめて画面に見入る。

侵入者は、どうやら防犯カメラの位置をほぼ把握しているらしく、それほど多くは映り込んでいなかったが、何ヵ所か、把握しきれていないカメラがあったようで、毎回必ずそこに後ろ姿が映っていた。

帽子とマスクのせいで顔立ちはいっさいわからなかったが、立ち居振る舞いからして若い男であるのは間違いなく、いつもロゴ入りのパーカーを着ている。

そのパーカーに、アリステアは見覚えがあった。

(――これは)

眉をひそめたアリステアは、手元のボタンを押し、ミセス・アンダーソンに言って、今度はここ半年分の入退出記録を持ってこさせる。

今のところ、外から強引に店内に侵入された様子はない。もし、わずかでもそのような痕跡があれば、とっくの昔に対処していたからだ。

となると、この侵入者は、アルバイトを含めた従業員全員に渡している身分証兼通行証を利用して夜中に忍び込んだとしか考えられなかった。

そして、案の定、防犯カメラの映像に侵入者が映っているのとほぼ同時刻に、毎回、同じ人物が身分証兼通行証を使って店内に入っていた。

(やはり、そうか)

納得しつつ、疑問もわく。

(だが、いったいなんのために?)

この侵入者は、夜中に店内をうろついてはいるが、そうかと言って、なにかを盗むなどの犯罪行為をしているわけではない。

もちろん、破壊行為も。

ただ、なにかを探している様子であるのが、見ていて伝わってくる。

(つまり)

柔らかな革張りの椅子に深くもたれたアリステアは、東側から朝陽が射し込む部屋の中で、唇に手を当てて考え込む。

(とうとう、ネズミが動き出したということか——)

その姿勢のまま、パライバトルマリン色の瞳が動き、足元の箱に視線が向けられる。

それは、タールのようなものが塗られた黒光りする木箱で、一部がひしゃげ、朱文字の書かれた紙の切れ端が張り付いている。

正直、あまりきれいとは言えない。

質の高い調度品が揃う部屋の中ではやけに浮いた存在だが、アリステアにとって捨てるわけにはいかないものであるのは、間違いないようだ。

(まったく、厄介だな……)

そこで、身体を起こしたアリステアは、電話の受話器を手に取り、短縮番号に登録されている相手に電話をかけた。

「――ああ、閣下。朝からすみません」

そう告げた後、手短かに報告する。

「いちおう、お耳に入れておきたいことがありまして」

2

ところ変わって、ロンドン大学東洋アフリカ研究学院。

中国文化を教えるウォルター教授の部屋では、集まって来た学生たちを前にして、椅子から立ち上がったウォルターが、「おや？」と意外そうな声をあげた。

「今日は、ジャッロ君は休みかね？」

「ジャッロ」というのは、ウォルターが目をかけているドミニクの名字で、勤勉な彼が休みであることに対し、尊も意外そうに周囲を見まわす。

すると、ドミニクと同じ共同住宅（シェアハウス）に住んでいる学生が、「ドミニクは」と応じた。

「今朝から、具合が悪いと言って寝込んでいます」

「具合が？」

眉をひそめた教授が、心配そうに訊く。

「ひどいのかね？」

「はい。かなり苦しそうでした」

「医者には？」

「様子を見て、あとで行くと言っていたので、ひとまず僕たちは大学へ来たんですけど」

「そうか」

やはり、ドミニクには格別な想い入れがあるのか、その日、講義をするウォルターはどこか上の空で、授業はいつもよりかなり早く終わった。

おかげでアルバイトの時間まで暇を持て余すことになった尊は、見舞いがてらドミニクに栄養ドリンクの差し入れでもしようと、彼の住む共同住宅に行ってみることにした。

以前、酔っぱらった尊を連れ帰ってくれた礼をまだしていなかったので、恩返しするいい機会だと考えたのだ。

記憶を頼りに辿り着いた共同住宅は、煉瓦塀にツタが絡まる古びた一軒家で、あちこち修繕が必要そうではあるが、決してみすぼらしい感じではない一般的な中流家庭の家だった。

窓の広い五角形をしたリビングの脇に玄関があり、呼び鈴を押した尊は、そこでしばらく待つ。

ややあって中から応えがしたかと思うと、一人の中年女性が出て来た。

前にチラッとドミニクに聞いた話では、この家には、共用部の掃除と家のメンテナンスをする通いの管理人がいて、日中の荷物の受け取りなども代行してくれるそうだが、部屋の掃除や洗濯、食事などは、自分たちでやることになっているらしい。

昔は、食事なども提供されていたようだが、学生があまりにも身勝手でトラブルが絶えなかったことから、深入りしない方針に切り替えたということだ。

尊が学生証を提示してドミニクの見舞いに来たことを告げると、彼女はすんなり招き入れ、ドミニクの部屋のある場所を教えてくれた。

そこで、尊は階段をあがり、教えられた部屋のドアをノックする。

「ドミニク、僕、ミコトだけど」

すると、中から返事があり、同時に苦しそうに咳き込む音がした。

尊が部屋に入ると、しばらく換気をしていないのか、濁った空気の匂いが押し寄せ、膨らんだ布団の下にドミニクが横たわっていた。

「やあ、ドミニク」

「……ミコト」

挨拶（あいさつ）した尊は、なによりもまず淀（よど）んだ空気を入れ替えたほうがいいと思い、窓辺に近づきながら断りを入れる。

「ごめん、ちょっと窓を開けるね」

ガタガタッと。

建てつけの悪い窓が開くと、サアッと爽やかな風が吹き込み、淀んだ空気を一掃してくれる。

新鮮な空気を吸い込んでホッとした尊は、振り返ってベッドに近づく。

「で、ドミニク、大丈夫なの？　君が授業を休むなんて、びっくりなんだけど」

すると、ベッドの中からドミニクが答えた。

「あまり、大丈夫じゃない。……というか、すごく苦しいんだ」

「病院へは？」

行っていないのは明らかだったが、念の為に尋ねると、案の定、ドミニクは布団の中で首を振った。

「まだ行っていない」

「どこか痛むの？」

「いや……」

答えたドミニクが、「それより」と苦しげに訴えた。

「喉が渇くんだ。カラカラに渇く」

たしかに、ベッドのところには水のペットボトルが大量に転がっていて、それらはほとんどが空になっている。

「飲んでも、飲んでも、渇きが治まらない……」

「渇き……」

それは、いったいなにが原因なのか。

考えつつ、尊は「あ、そうだ」と言って、袋から栄養ドリンクを取り出す。

「これ、栄養ドリンク。良かったら飲んで」

とたん、ドミニクが腕を伸ばして、ひったくるように瓶をつかみ取った。

「――！」

驚く尊を尻目に、彼は震える手で蓋を開けると、ものすごい勢いで飲み始めた。どうやら、本当に喉が渇いているらしい。

一本飲み終えると、すぐに次の一本を飲み、さらに飲もうとするのを、尊が慌てて止めに入る。

「ドミニク、さすがに、それは一気に飲まないほうが――」

だが、ドミニクは苛立たしそうに尊の手を払いのけると、瞳をぎらつかせて「放せ！」と叫んだ。

「喉が渇くんだよ、死にそうに！」

それから、止めるのもきかずに、三本目の栄養ドリンクもあっという間に飲み干してしまう。

呆然と見守る尊は、ふと、ドミニクの姿に違和感を覚えた。

それは、たしかにドミニクなのだが、なにかがふつうと違う。

いったい、なにが違うのか。

しばらく考えていた尊は、ドミニクの顔が異様なくらい土気色をしていて、乾燥のためか、肌に艶がなく、どこか干からびて見えることに気づいた。それは、まるで、ドミニクのミイラを見ているような感じだ。

と——。

喉の渇きが治まらないことに苛立ったらしいドミニクが、手にした水のペットボトルを壁に叩きつけて叫んだ。

「ちくしょう！　喉が渇く」

とっさに、尊がビクッとする。

そんな尊を見あげたドミニクが、「ああ、驚かせて悪かった」と謝ったあとで尊の手をつかみ、今度は絶望的な口調になって懇願するように告げる。

「なあ、俺の身体、どうなっちまったんだと思う？」

「わからないけど……」

「本当に、喉が渇いて死にそうなんだ。お願いだから、なんとかしてくれ！　誰か、助けて」

ドミニクの顔を見おろしながら、これはたしかにただ事ではないと感じた尊が言う。

「病院に行こう、ドミニク。──僕も一緒に行くから」

そこで、着替えさせるために慌てて手近な服を取り上げた尊は、それが、見覚えのあるロゴの入ったパーカーであることに気づいて、ふと手を止めた。

（あれ？）

一瞬、状況も忘れて、手にしたパーカーをマジマジと見おろす。

（……これって）

それは、尊のパーカーだった。

例の、この前着ようと思って捜したのに見つからなかったパーカーが、なぜ、ドミニクの部屋にあるのか。

記憶を辿るうちに、尊は、自分がこのパーカーを最後に手にした時のことを思い出す。

（そうだ、あの時──）

半年前、ハロウィン・パレードに参加するのに、尊は途中で着替えをすることにして家から目的地までふだんと同じ恰好で出かけた。

その際、このパーカーを腰に巻いていたのだ。

その後、パレード用の衣裳に着替え、このパーカーは他の服と一緒にリュックに突っ込んでおいたはずだ。

そして、その日、尊は酔いつぶれてこの家に運びこまれ、一夜を明かしている。

(——つまり、なんだ)

どんな事情があったかはわからないが、尊自身か他のだれかがこのパーカーをリュックから引っぱり出したため、ここに置きっぱなしにして帰ってしまったのだ。

それが、なんらかの手違いでドミニクの部屋にくることになった。

いったい、どんな手違いがあればそんなことになるのか。

よくよく考えたら、かなり不自然なことであったが、尊がそのことに疑問を差しはさむ前に、パーカーのことはそっちのけで、ベッドから立ち上がろうとしていたドミニクがバランスを失って倒れたため、パーカーのことはそっちのけで、彼の介抱にまわった。

混乱しているらしいドミニクが、尊の腕の中でつぶやく。

「……輝く蛇が」

「輝く蛇?」

いったい、なんの話をしているのか。

（もしかして、各地で目撃されているという、例のアレのこと？）

だとしても、それがなんだというのであろう。

首をかしげる尊に対し、ドミニクが腕の中で言い続ける。

「……輝く蛇が、離れない」

二十分後。

尊が呼んだ救急車が到着し、ドミニクは病院へと搬送された。

3

病院から戻ってきた尊は、あれこれ考え込みながら、「ブルーブルズ」の荘厳たる入り口をくぐった。

救急車に同乗した尊は、病院に着いたところで「ブルーブルズ」に連絡を入れ、事情を説明した上で遅刻する旨を伝えておいた。幸い、尊がいなくても、先方はなんら困ることがないため、その申し出はあっさり受け入れられる。

そして、病院で診察を受けた結果、ドミニクの身体からは急速に水分が抜けてしまっていたことが判明した。

つまり、脱水症状だ。

しかも、かなり危険な状態に陥っていたらしく、あの時点で救急車を呼んで正解だったと医者に言われた。

もっと早くてもよかったそうだ。

誰でも知っている通り、人の身体の大部分は水でできている。

その水がなくなると、身体は深刻なダメージを負う。

医者は、その際、「浸透圧がどうの」と説明していたが、尊には相手の言っていることの半分もわからなかった。

ただ、とにかく応急処置として点滴を行い、その間に様々な検査をして原因を突き止めると言っていたので、おそらく、医者にも、今のところドミニクがなぜ脱水症状に陥ったのか、わかっていないということだ。

なにせ、今が酷暑というわけでもなく、高熱が出ているわけでもない。

それなのに、なぜか、身体が水を受け付けなくなっていたのだ。

(――身体が水を受け付けない、か)

そんな中、幸いだったのは、ドミニクの両親と連絡がつき、今日の夜にはウィルトシャーの実家から来てくれるということであったし、それまでは、知らせを聞いて病院にかけつけたウォルター教授とドミニクの彼女が付き添ってくれているので、尊はひとまずお役御免である。

そこで、「ブルーブルズ」へとやって来たのだが、なんとも大変な半日で、すっかり気が抜けてしまっている。

　すると、尊の顔を見た従業員が、気遣うように声をかけてくれた。

「ミコト、大変だったそうだね」

「はい」

「お友達は、大丈夫なのかい？」

「今は、点滴で落ち着いていますが、原因がまだわからなくて、これから色々と検査するそうです」

「へえ。──でもまあ、脱水症状でとりあえず落ち着いたんなら、きっと大丈夫だろう」

「そうですね」

　うなずいた尊の肩をポンポンと叩いた彼が、「でね」と口調を変えて言う。

「来た早々悪いけど、アルを捜してきてくれないかな」

「アル」というのはアリステアの愛称で、熟年の仲買人(ディーラー)ややり手の従業員は、プライドと親しみの両面から、人前でこのように呼んでいる。

　そのことを、アリステア自身がどう感じているかはわからないが、文句を言う素振りもないので、認めているか、どうでもいいと思っているのだろう。

ただ、当然、尊は呼べない。

そこで、言い換えて訊き返す。

「ミスター・ゴドウィンをですか？」

「そう。例によって例のごとく、店内のどこかに潜んでいるみたいで、姿が見えないんだよ」

「例によって例のごとく」とは、アリステアが、時々店内にいながら雲隠れすることを言っていた。

「執務室にはいらっしゃらないんですか？」

「うん。――だから、君に捜してきてくれと頼んでいるんだ」

どうやら愚かな質問をしてしまったようで、若干冷たい視線になった相手が、見下す口調になって告げた。

「主のいない執務室で、お客様がお待ちなんだよ。だから、すぐに彼を見つけて、戻るように伝えてほしい」

「わかりました」

そこで、急いで階段をあがろうとした尊の背中に、相手の一言が突き刺さる。

「待っているのは『ケンジントン侯爵』だと言えば、彼もすっ飛んでくるから」

「はい。『ケンジントンこう』――」

言いかけた尊は、階段の途中で足を止め、改めて繰り返す。

「え、『ケンジントン侯爵』って……」

それはつまるところ、ダリルの祖父であり、且つ、スローン家の家系図が間違っていなければ、尊の姉の夫であるレナードの祖父でもあって、そうなると、尊とも多少の縁ができてしまった、その『ケンジントン侯爵』ではなかろうか。

尊も、一度だけお目にかかったことがある。イギリスの格式高い教会で、姉の結婚式に参列した際、挨拶をかわした。

その時の印象では、厳めしい顔つきをした老人だった。

英国紳士を極め尽くすとああなるのなら、尊は遠慮被りたいし、孤高にならないためにも、どこかで少し手を抜いてくだけたほうがいいのではないかと思うくらいの厳めしさであった。

（まさか、ダリルも、いつかああなるのかな……）

ダンディさの権化と言えるダリルの未来を想像し、尊は、できればそうなって欲しくないと願うが、尊がいくら望んだところでなにも変わるわけがなく、諦めるしかない。

それに、もしかしたら、あの仏頂面は、侯爵家の孫の結婚相手として、尊の姉では不服だったせいかもしれない。

それで、あんな顔をして座っていたのか。

尊の実家も京都に長く続く造り酒屋で、決してスローン家のような大金持ちではなかったが、伝統と格式という点では勝るとも劣らない歴史を持っていた。

それでも、やはり英国貴族の家に嫁ぐには、格差があり過ぎたのだろうか。

だとしたら、姉は、この先苦労しそうである。

そんな苦い思いを抱きつつ、尊はアリステアを捜しに行った。

この半年で学んだのは、こういう時、たいてい、アリステアは廊下と部屋が入り組んだ四階のどこかで見つかるということだった。

なぜかは、知らない。

でも、そうなのだ。

さらに不思議なことに、時々、それまでいなかったはずの場所に、ふいに現われたりした。まるで、壁からニュッと出て来たかのように、すでに確認したところにひょっこり佇(たたず)んでいることがあって、一度ならず、尊は腰を抜かしそうになったことがある。

その上、あの容姿だ。

一瞬、その場に天使か悪魔が来臨したと思って、なにが悪い。

(実は、本当に堕天使だったりして――)

そう思われても仕方ないくらい、アリステアは神出鬼没だった。

四階にたどりついた尊は、辺りを見まわしつつ考える。

（さてと。今日は、どこに現われるのやら……）

薄暗い廊下を尊が歩きだしてすぐ、手前の部屋の扉が開き、年若い仲買人（ディーラー）の卵が姿を現わした。

そこで、尊は尋ねる。

「あ、ミスター・ゴドウィンを見ませんでしたか？」

「さあ。その辺にいない？」

それだけ答えると、彼は、忙しそうな素振りでさっさと歩き去ってしまう。つれないこと、この上ない。

仕方なく、ふたたび入り組んだ廊下を歩いて行くと、また別の部屋の扉が開いた。

出て来たのは、幸運にも、アリステアだった。

安堵（あんど）したのも束の間、よく見れば、その部屋は、尊が事務をするのに使わせてもらっている書庫兼倉庫で、驚いた尊は、大声で呼びかけながら走り寄る。

「――ミスター・ゴドウィン!?」

顔をあげたアリステアが、暗がりでも冴え冴え（さざ）と光るパライバトルマリン色の瞳（ひとみ）を向けて尊を見つめた。

　ただし、そこには、若干意外そうな色がある。

「……ミコト？」

「そうですが、ミスター・ゴドウィンこそ、そこでなにをなさっていたんですか？」

「なにって」

　背後を振り返りつつ、アリステアが答える。

「ちょっとした探しものだ」

「探しもの？」

「ああ。昔のカタログで『シノワズリ』の特集をしたものだけど、見あたらなかった」

「──ああ！」

　そこで、ポンと手を打った尊が、人さし指をあげてすんなり答える。

「それなら、先週、マードリックさんが借りていきました」

「マードリックが？」

「はい。顧客になにか頼まれたとかって」

「そうか」

　そこで、優雅に肩をすくめたアリステアが、「なら」とあっさり言う。

「無駄足だったたな」

「そうですね」

認めた尊が、続ける。

「なんなら、マードリックさんに言って、戻してもらいますか？」

「いや。急いでないから、彼の用事が終わってからでいい」

「それなら、戻り次第、お届けします。他にも、探しているものがあったら、おっしゃってください。——最近、ようやく、ものの位置を把握してきたので」

するとし、軽く目を細めたアリステアが、どこか冷ややかな口調になって言う。

「まあ、あれだけ色々と探しまわっていれば、そうだろうな。——で、君は、この店で探しものの、プロにでもなるつもりか？」

「え、まさか？」

邪気なく受けた尊が、頭をかきながら応じる。

「言っても、プロというほど、まだものの位置を把握していないし、おそらく、ここはものが多すぎて、百年経ってもプロにはなれそうもありません」

その受け答えがあまりに屈託がないものだったため、どこか拍子抜けしたような表情になったアリステアが、それでも口調を変えずに問い質す。

「そんな罪のなさそうなことを言って、その実、君は、今だって、人に内緒で探しものをしているだろう？」

「探しもの？」

「ああ」

「僕がですか?」

「そう」

まるで尋問のような雰囲気であったが、清廉潔白過ぎてなにも思い至らない尊は、相変わらず邪気のない素直さで「あ!」と叫んで、またしてもポンと手を打つ。

「そうでした、そうでした!」

なんともかみ合わない会話のまま、尊が、目の前のアリステアを両手で示す。

「ドナルドさんに言われて、貴方(あなた)を捜しにきたんです、ミスター・ゴドウィン」

「——は?」

意外そうに顔をしかめたアリステアに、尊が伝える。

「お部屋でケンジントン侯爵がお待ちだそうです。なので、至急、お戻りくださいとのことでした」

とたん、ハッとしたように腕時計を見おろしたアリステアが、小さく舌打ちする。

「そうか。もうそんな時間か」

言いながら、尊にはすっかり興味を失った様子で廊下を歩きだしかけたアリステアだったが、数歩先でふいに立ち止まると、尊を振り返って告げた。

「ああ、悪いが、ミコト。僕の部屋にお茶を二人分運んでくれないか?」

「――え、僕？」

尊は、本気で驚いた。その手のことは、ふだん秘書のミセス・アンダーソンがしているため、今まで頼まれたことがないからだ。

だが、アリステアにはなにか考えがあるらしく、「そう」とうなずいて続ける。

「ただし、お茶を淹れるのは、ミセス・アンダーソンにお願いしろ。――なんと言っても、侯爵は、紅茶にはとてもうるさい人だからな。この店に来た時は、彼女以外が淹れたお茶は、絶対に飲まない」

「はあ」

気乗りしない様子で受けた尊が、「それなら」と申し出る。

「そのままミセス・アンダーソンに運んでもらったほうが……」

だが、聞く耳を持たないアリステアは、面倒くさそうに「いいから」と命令する。

「とにかく、お茶を運んでくれ。――わかったな？」

雇用主であるアリステアにそう言われたら、尊はただ従うしかない。

「わかりました」

答えたものの、いささか不安だ。

緊張のあまり、絨毯に引っかかって、侯爵の頭の上にお茶をぶちまけるなんて失態だけは絶対したくなかったが、思えば思うほど、その手の失態をやりそうな気がしてくる。

心の中でひっそりと重い溜息(ためいき)をつきつつ、尊はアリステアのあとについて、階下へと降りていった。

4

「――失礼します」

言われた通り、ミセス・アンダーソンに淹れてもらった紅茶を運ぶ間、尊は緊張のあまり、ほとんど能役者のようなすり足になっていた。その緊張感は、ミセス・アンダーソンにも伝わったようで、尊のために扉を開けてくれた際、なんともハラハラしているのがわかった。

それはそうだろう。

これで、万が一、本当に尊が紅茶を侯爵様の上にぶちまけようものなら、彼女までいらぬお叱りを受けかねない。

(とにかく、だ)

尊は、気を引き締めながら歩く。

(こぼさない、こけない、ぶちまけない)

だが、部屋に入った瞬間から、ソファーに座る厳めしい顔つきのケンジントン侯爵と冷ややかなアリステアの視線がまとわりつき、一歩ごとに緊張はいや増した。

（ああ、こぼさない、こけない、ぶちまけない）

（こぼさない、こけない、ぶちまけない）

呪文のように繰り返していた尊であったが、最後はやけくそ気味に「というか」と内心で中指を立てる。

（こっちを見るな、余所を向け、なにかしゃべれ！）

そんなこんなで、やっとの思いで辿り着いたテーブルでは、今度は茶器を持つ手がぶるぶる震えてしまい、食器がカチャカチャと小さく音を立てる。

すると、それまで尊の顔をジッと見つめていたケンジントン侯爵が、軽く首をかしげて尋ねた。

「──君、どこかで会った気がするんだが？」

「あ、はい」

沈黙が破られたことで少しホッとした尊が、ケンジントン侯爵の前に茶器を置きながら答えた。

「一度、お目にかかったことがあります」

「どこで？」

「ウエストミンスター大聖堂です」

「ウエストミンスター大聖堂？」

意外そうなケンジントン侯爵に対し、横からアリステアが面白そうに告げる。

「覚えてはおられないと思いますが、彼は、貴方の孫のレナードの妻の弟で、彼の結婚式で挨拶(あいさつ)されたはずです」

「──レナードの？」

軽く顎(あご)をあげて尊の顔をジロジロと見てから、ケンジントン侯爵が言う。

「つまり、アマノ家のご子息ということか」

「そうです」

さすが、歳は取っていても侯爵様だけはあり、しっかりと孫の配偶者の生家のことを把握している。

あるいは、真理恵の身辺調査でもしたか。

考えつつ、尊は急いで挨拶する。

「改めまして、天野真理恵の弟で、天野尊と言います。ふだんはロンドン大学東洋アフリカ研究学院に通っています」

「天野尊──」

繰り返したケンジントン侯爵に対し、アリステアがここぞとばかりに「それでですね」と情報を付加した。

「彼は、今、ダリルのところにいるんですよ」

「ダリル？」

ケンジントン侯爵は、その一瞬だけアリステアを見て確認する。

「それは、私の孫のダリルか？」

「その『ダリル』です」

そこで、ケンジントン侯爵が尊に視線を戻して尋ねた。

「つまり、君は、現在、ノッティングヒルに身を寄せているということか？」

「はい。そちらでお世話になり、大変助かっています」

「――ほう」

ケンジントン侯爵の目が鋭く光り、値踏みするような目つきになった。やはり、同じ孫でも、嫡孫ともなると扱いが違うらしい。

「ダリルが、居候をねえ」

ケンジントン侯爵はなにか思うところがあるようだったが、言葉を続ける前に、アリステアが尊にさり気なく退出をうながした。

「ああ、ミコト。君はもうさがっていい」

ホッとした尊は、一礼して、そそくさとその場をあとにする。

尊の消えた室内では、しばらく、今しがたの会見の余韻に浸るように、どちらもなにも言わずにいた。

その沈黙を破り、先に口を開いたのは、ケンジントン侯爵だった。

「――で？」

短く問われ、アリステアが片眉をあげて訊き返す。

「で、とは？」

「とぼけるんじゃない。彼をあんな風に私に引き合わせたのには、なにか理由があるのだろう？」

そこで、アリステアは小さく笑い、「さすが」と褒め称える。

「閣下は、なんでもお見通しのようで」

「それは嫌みか」

憤然としたケンジントン侯爵が、その表情のまま続ける。

「あれほどわざとらしく会わせられたら、私がどれほどボケていようと、なにかあると思うわ」

「まあ、そうですね」

認めたアリステアが、訊く。

「それなら、お尋ねしますが、彼をどう思いますか？」

とたん、ケンジントン侯爵が眉をひそめてアリステアを見る。

「私に、あの青年の人物査定をしろと？」

「ええ」

真面目くさって応じたアリステアが、相手を持ち上げつつ主張する。

「何事においても目利きの閣下なら、わずかな時間でも、ある程度は相手の人となりを見抜かれると思いましてね。せっかくですから、ぜひともご意見を伺ってみたいと」

「ほお？」

どこか疑わしげに受けつつ、ケンジントン侯爵が訊く。

「それは、この店に相応しいかどうか、たしかめるためか？」

「それも、もちろんありますが、彼はダリルの同居人でもあるわけですから、侯爵ご自身も、多少は興味がおありでしょう」

アリステアの指摘に、小さく肩をすくめたケンジントン侯爵が、尊が出て行った扉のほうに視線をやりながら「まあ、いい」と譲歩して、批評する。

「あのタイプは、一言で言って、『マヌケ』だな」

「つまり、裏表はなさそうだと？」

するとと、小さく笑ったケンジントン侯爵が、紅茶のカップを取りながら言う。

「透けて見えているのに、裏も表もなかろう」

「では、ダリルの同居人としては合格だと？」

「それは、なんとも言えん。あの手の人間は、たまに人を骨抜きにすることがあるから用心が必要だ。——特に、ダリルには悪い癖があるので、その点は気を付けておかないと、以前の二の舞になりかねん」

「つまり、ダリルさえ距離の置き方を気を付けていれば、問題はなさそうだということですね。——なるほど」

パライバトルマリン色の瞳を伏せて考え込んだアリステアに、ケンジントン侯爵が「それより」と話題を変えて問う。

「この前、電話で話していた侵入者の件は、どうなった？」

尋ねたあとで、付け足す。

「たしか、犯人に心当たりがあるようなことを言っていたが？」

「あれは——」

アリステアは、そこで少しためらってから返答する。

「てっきり、ダリルが、この店のことでついになんらかの探りを入れて来たのかと思ったのですが、まだこれという確証はつかめていないので、もう少し泳がせることにしました。——侵入の目的も、依然、不明ですし」

「ふん」

気に食わなそうに鼻を鳴らしたケンジントン侯爵が、「まったく」と続ける。

「この大事な時に、面倒事が重なるものだ」

「そうですね」

アリステアが認めると、紅茶のカップを戻したケンジントン侯爵が「それで」と核心に触れる。

「肝心の、あっちはどうなっている。」

「申し訳ありません。店中探してはいるのですが……」

そこで、二人の視線が同時に足元の木箱に向けられた。タールのようなものが塗られた黒光りする木箱である。

ケンジントン侯爵が、木箱を見つめながら言う。

「お前から話を聞いて、こちらでも色々と調べたところ、やはり、私の父がお前の曾祖父から、封印された状態のアレを見つけたかもしれないという連絡を受けていたことがわかった」

「やはり、そうでしたか」

「ああ。――ただ、その直後にお前の曾祖父が戦争で亡くなり、事実はうやむやになってしまったらしい。それが、まさか、ここの倉庫にしまわれていたとは」

「しかも、半年前の浸水がなければ、いまだにわからずじまいだったわけです」

アリステアの言葉に、ケンジントン侯爵が「そうだが」と応じる。

「それでも、封印されているなら放っておいてもよかったんだ。――それがいまや、あちこちで、抜け出したやつの姿が目撃されている」

「そうですね」

認めたアリステアが、「とはいえ」と続ける。

「アレが本当にこの店のどこかにあるのだとしたら、間違いなく、いつかは戻ってくるはずです。――なんと言っても、彼らの住処ですから」

「わかっているが、いつかでは遅いんだ」

苛立たしげに応じたケンジントン侯爵が、「わかっていると思うが」と主張する。

「半年だぞ」

「ええ」

「この半年というもの、我が国では雨が一滴も降っておらん。ダリルが内閣になにやら働きかけているようだが、そんな付け焼刃な対策を取ったところで、元凶を断たない限りはどうにもならん。このままでは、確実に国土は干上がってしまうぞ」

「承知しております」

アリステアは冷静に答えるが、ケンジントン侯爵はいかにも不満そうに「だったら」とせっついた。

「とっととアレを見つけ出して、いつも通り封印しろ。言っておくが、それができないのであれば、この店やお前の存在意義はないのだからな」

それに対し、アリステアの塑像のように美しい顔から表情が消えた。そうすることで元々の美しさに拍車がかかり、まるで一個の芸術品のようになる。

そんなアリステアをチラッと眺めて、ケンジントン侯爵が言い直す。

「気に障ったかもしれないが、事実だろう。我々の先祖が犯した過ちからこの国を守るためにこの店は創設され、秘密は代々継承されることになった。そうした中、お前たちゴドウィン家の人間はその秘密を守るために力を尽くし、我々スローン家の人間は、そんなお前たち一族とこの店を守ることを約束させられたんだ」

「わかっています」

「そして、それは時が来れば現われるとされる『梟(ふくろう)の使者』がこの問題を根本的に解決してくれるまで続くことになっていたわけだが、残念ながら、現在に至ってもその使者とやらが現われる様子は一向になく、我々はこうしてなんとか過去からの秘密を継承し続けている。——とはいえ、それも、お前の言う通り、そろそろ限界だろう。事実、リチャードがこの状況を理解するとは、到底思えん」

リチャードというのは、ケンジントン侯爵の長男、つまりはダリルの父親で、次代のケンジントン侯爵の名前である。

「ということは、やはり、リチャード様はこの店の存続には、あまり乗り気ではないのですね？」

「ああ」

気まずそうにうなずいたケンジントン侯爵が「もっとも」と続ける。

「お前の父親がすでに亡くなっている現在、我が一族で秘密を受け継ぐべきは、リチャードではなくダリルということになるのだろうし、そうなるよう、私も抜かりなく手配するつもりだ」

「ありがとうございます」

軽く頭をさげたアリステアが、「ただし」と苦笑気味に付け足した。

「ダリルだって、一筋縄ではいかないでしょう」

「よくわかっているではないか」

認めた侯爵が「だからこそ」と声を大にして主張する。

「私が死ぬ前に、なんとか『梟の使者』を探し出し、この店の秘密や我々が代々背負わされてきた重荷を消し去る必要があるのだよ」

5

その夜。

ノッティングヒルの邸宅に帰った尊は、いつも通り、ダリルと夕食の席を囲んだ。

ダリルが仕事でいないか、尊が学生たちと飲みに出ていない限り、こうして一緒に食事をするのが二人の日課となっていた。

白身魚のソテーを切り分けながら、尊が言う。

「そういえば、今日、ケンジントン侯爵にお会いしました」

「──じいさんに？」

意外そうに受けたダリルが、ワインのグラスに手を伸ばしつつ訊き返す。

「それは、たまたまかい？」

「いえ」

そこで、尊がそうなるに至った経緯を話すと、ダリルは琥珀(こはく)色の目を細めて「ふうん」となにやら考え込む。

「それは、意味深だな」

それに対し、尊が推測した。

「もしかして、僕がこの家の居候として相応(ふさわ)しいかどうか見定めてもらうために、ミスター・ゴドウィンが仕組んだのかもしれませんね」

「じいさんに頼まれて？」

「はい」

するとゝ少し間を置いてからダリルは認めた。

「ま、あり得なくはないが……」

(――あり得なくないんだ)

尊が苦笑してワインを飲んでいると、なにを思ったか、ダリルがふいに言い出した。

「――あの二人は、秘密の共有者なんだよ」

「秘密の共有者？」

「そう」

重々しくうなずいたダリルが、ワインを手酌で注ぎながら「まあ、考えてみろ」と続ける。

手酌であるのは、尊がなんでもフランクに話しやすいようにという気遣いから、平素の食事はこうして二人きりで取るようになっているためで、おそらくダリル一人の時は、従来通り、忠実なる執事が給仕しているはずだ。

「今どき、大して儲かりもしない骨董店をあんな一等地に出させていること自体、変なんだ。――あれは、絶対に、そうしなければならない、なんらかの秘密を抱え込んでいるに違いない」

その決めつけに対し、尊はいくつかの点で混乱を示す。

そのうちの一つを、先に確認する。

「え、あの店って、そんなに儲かっていないんですか？」

「当たり前だ」

「――そんな」

衝撃を受ける尊に、ダリルが「もちろん」と説明する。

「ゼロではないし、どうやら僕が思っていた以上には売り上げはありそうなんだが、それだって限度というものがある。だからこそ、うちの親父は、店を存続させたいのであれば、最新オフィスが並ぶウォーターフロントか、せめて、このノッティングヒルのどこかに移せと再三進言しているんだが、じいさんは聞く耳を持たない」

「……だけど」

尊は、おずおずと反論した。

「僕には商売のことはよくわかりませんが、なんとなく、あの場にあるからこそ、『ブルーブルズ』は、他とは違って老舗の風格が保たれているように思います」

なにより、アリステアの佇まいに似合うのは、今流行りの店が建ち並ぶノッティングヒルなどではなく、明らかに、どこか古き良き時代の面影を残しているセント・ジェームズ街であった。

まして、近代的なビルが建ち並ぶイースト・エンドなど問題外だ。

ダリルが認める。

「たしかに、それはそうさ。——事実、あそこに足繁く通う昔気質の貴族たちの虚栄心だって、それで満たされているはずだ。ただ、そんな彼らが、以前ほど景気がいいと思うのは大間違いで、昨今は東方から来る富豪のほうが上客だったりする。おそらく、そういう客には、古き良きロンドンよりも、近代的で且つ都会的なビルが建ち並ぶウォーターフロントのほうが受けがいいんだよ」

「……そうなんですね」

淋しげに認めた尊が、「それなら」と尋ねる。

「儲けを無視してまで、ケンジントン侯爵やミスター・ゴドウィンが隠したい秘密というのは、なんなんですか？」

すると、ダリルは口元を引きあげて笑い、「そんなの」と楽しげに言う。

「簡単にわかるようなら、誰も『秘密』とは言わないさ」

「——なるほど」

つまり、ダリルにも、その「秘密」がなんであるかわからないし、そもそも、本当に秘密が存在するかどうかも怪しい。

それでも、尊は、あの店やアリステアがなにか秘密を抱え込んでいるかもしれないという考えには納得がいった。

彼自身、そんな気がすることが多々あるからだ。

（……秘密ねえ）

例えば、水中に現われた牛の顔をした虎のような縞模様を持つ化け物のこととか。

考え込みながらワインを口にした尊は、ふと、そのワインが身体の中で変なほうに入っていくようなおかしな感覚に襲われた。喉から食道を通って胃に落ちて行く過程で、脇道に逸れたような、そんな感じだ。

とはいえ、決して気管支のほうに入ったのではないのは、自分が咳き込んでいないことでもわかった。

しかし、だとしたら、ワインはどこに行ってしまったのか。

尊は、これと似た経験を少し前にもしたように思ったのだが、思い出せず、ただ急速に眠気が襲ってきて、そのままコトンとテーブルに突っ伏して寝てしまう。

「――ミコト？」

正面に座っているダリルが、驚いている。

それはそうだろう。

だが、この眠気は、いかんともしがたい。

「ミコト、どうした、大丈夫か⁉」

ダリルの慌てる声が耳に届いたが、自分が、それに対しなんと返事をしたのかもよくわからないまま、彼はぐっすりと眠り込み、そして――。

奇妙な夢を見た。

目の前に、光り輝くなにかがいた。

信じられないくらい、白々と輝いている。

うねうねとうねる身体は黄みを帯びていて、そこにコウモリのような羽が生えている。

巨大な蛇――。

というか、もはや空飛ぶ蛇だ。

でなければ、頭の小さい龍(りゅう)か。

とにかく、いまだかつて見たことのない生き物である。

それが、白く輝きながら、羽をバサバサと動かした。

いったい、これはなんなのか。

「化け物」と言えば「化け物」だが、もっと原始的に意味のある生き物という気もしなくはない。

人が知らないだけで、昔からどこかに存在した生物。

そこで、尊は夢の中で尋ねてみる。

「なにか、僕に言いたいことがある？」

するとその生き物が、心中を訴えかけるように尊のことをジッと見つめた。

もちろん、言葉は通じない。

だが、その蛇のような瞳(ひとみ)からは、こんな言葉が聞こえるようだった。


……早く。

……早く、早くしないと。


（早くって、なにをだ？）

思うが、それに対する答えはない。

ただ、痛烈な焦りと郷愁の念が、瞳を通じて伝わってくるだけである。


……早く。

……早く。


だが、どんなに急(せ)かされようと、尊にはなにを急ぐべきなのかがわからない。

（……ごめん）

尊は、謝る。

(なんとかしてあげたいけど、僕にはそのやり方がよくわからない……)

そうこうするうちに、尊は、ふわふわと上下する揺れの中で、しだいにその夢から離脱し、やがて本当の眠りへと落ちて行った。

第四章　青い牛の秘密

1

（あれは、なんだったんだろう——？）

翌日。

大学の授業を終えて「ブルーブルズ」に出勤した尊は、例の青い牛の置物の埃をパタパタと落としながら、昨晩見た夢のことを考えていた。

今朝、目覚めたら、彼は自分のベッドにいた。ただし、服はパジャマではなく、昨日の夜に着ていた部屋着のままだったので、おそらく、ダリルか執事がそこまで運んでくれたのだろう。

朝食の席でダリルにすごく心配されたが、尊は特に異常はないと答えておいた。

事実、よく寝たおかげで、体調はすこぶるいい。

ただ、頭のほうはいまいちだ。

夢で見た光景が、忘れられないせいである。

(……輝く蛇か)

あれは、明らかに現実にあるまじき存在だった。

だが、見たのが夢の中であれば、それもあり得ないことではない。そこに文句をつけるのは、ファンタジー小説や漫画の中に妖精(ようせい)や魔法使いが出て来ることに異議を唱えるのに等しい。

だからこそ、余計にややこしいとも言える。

所詮(しょせん)は夢なのだからと思って、気にしないでいるべきか。

それとも、夢で見たことゆえに、なんらかの意味を見出(みいだ)すべきなのか。判断に困るところであった。

(もっとも……)

尊は思う。

(輝く蛇は、今やホットな話題だからなあ)

あれはネットやテレビで見たものに影響された夢と言えなくもない。

と──。

考え込む尊を、箱を抱えた従業員が呼んだ。

「アマノ、悪いけど、ちょっと手伝ってくれないか？」

「はい」

返事をした尊は、青い牛の置物から離れる。

ここでは、尊に対し、従業員は誰でも仕事を頼んでいいことになっている。尊が青い牛の置物の埃取りをしている時は、特にそうであった。それ以外にやることがないからそうしているのだと、誰もがわかっているからだ。

ただ、これは尊が知らないことであったが、従業員たちはみんな、尊が青い牛の置物の埃取りをしているのを、『ブルーブルズ』にあんな風に気安く触るなんて、彼はなんてクレージーなんだ」と思いながら眺めている。

それでも、敢えて誰も止めようとしないのは、代表取締役であるアリステアが止めないからであるのと、且つ、尊がケンジントン侯爵の親戚筋であることを知っているせいだった。

そのことで、初めこそみんな、尊に仕事を頼むのを躊躇していたのだが、それを知ったアリステアから、彼はあくまでもふつうのアルバイトとして雇われているので、遠慮せずに仕事を頼んでいいと言われ、しかも、やらせてみたらみたで、尊がどんな仕事に対しても不平など言わずに真面目にこなすのを見て、安心して頼むようになったのだ。

今も、数箱分の段ボール箱に入っているカタログの発送という単調だが大急ぎでやらなければならなかった作業を、尊はせっせと終わらせた。

おかげでなんとか本日の最終集荷に間に合い、ホッと一息ついた彼に、仕事を頼んだ従業員が「ご苦労様」と声をかけてきた。

「おかげで、助かったよ」

「間に合ってよかったですね」

すると、様子を見に来たミセス・アンダーソンが、「あら?」と驚いたように言う。

「まあ、本当に間に合ったのね?」

「はい」

「すごいじゃない」

褒めてくれた彼女は、ついでにご褒美の存在を教えてくれる。

「それなら、休憩室にお客さまからの差し入れが置いてあるから、一息ついてくるといいわ」

「やった!」

テンションのあがった尊は、すぐに休憩室へと向かう。

従業員用の休憩室と言っても、日本のオフィスビルのようなリノリウムの床に簡素なテーブルとパイプ椅子が置いてあるようなものとは違い、ここは、板張りの床にアンティークのソファーやテーブルの置かれた談話室を思わせる造りになっていた。

そこに、コーヒーメーカーと紅茶のティバッグが常備されていて、尊も自由に飲んでいいことになっている。

尊が休憩室に入っていくと、すでに何人かの従業員が寛いでいて、テーブルの上には、いつもはないチョコレートの箱が置いてあった。しかも、その箱は、ただのボール紙などではなく、宝石などが入っていてもおかしくないような立派なもので、内側にも光沢のある布が張られている。

一目見て、そんじょそこらの品物でないのがわかる容れ物の中には、パウダーに包まれた、一粒が大きいチョコレートが並んでいる。

さっそく、マイカップとして置いてあるマグカップにダージリンを淹れた尊は、それを持ってテーブルの前に行き、チョコレートに手を伸ばす。

「いっただっきま～す」

誰にともなく日本語で言って手をつける尊を、部屋の中にいた従業員がチラッともの珍しそうに見る。

それは、いわゆる「ウィスキー・ボンボン」だった。

齧った瞬間、チョコレートのビターな甘みとあふれ出したお酒の苦みが混ざり合い、なんとも言えない深い味わいへと変わる。

(――なんて、大人なチョコなんだ！)

ダリルの家でもよくこの手のお菓子を見かけるが、それまでの尊の人生では出会えなかったまろやかさだ。

(おいし～)

窓辺に座った尊が至福の時を過ごしていると、あとから入ってきたミセス・アンダーソンが、その様子を見て声をかけてくれる。

「たくさんいただいたから、どんどん食べなさい」

「え、いいんですか？」

「もちろん。――ただし、酔っぱらわない程度にね」

「はい」

この量で酔っぱらうとは思わないが、尊は「じゃあ、もう一個だけ」と断って、別の種類のチョコレートに手を伸ばした。

先ほどより少しチョコレートが甘いもので、それはそれで、やはり美味しい。

だが、せっかく至福の時を嚙みしめていた尊を、休憩室に顔を出した従業員が呼びつける。

「あ、いたいた、ミコト。休憩中に悪いけど、ちょっと来てくれないか。日本語しか話せない客がいて、通訳して欲しいんだよ」

そこで、慌てて紅茶を飲んだ尊は、まだ口の中にものが入ったまま、扉にかかっている鏡で軽く顔や髪型、衣類などをチェックして、その従業員と一緒に休憩室を出て行く。

基本、接客をしない尊であったが、こんな風に日本人が来た時だけは、通訳として接客まがいの仕事を頼まれることがある。

そのため、裏方であっても、ジーンズやTシャツはご法度で、基本シャツとズボンでサスペンダーをしている。さらに、荷物の搬入時などに従業員たちも服の上から羽織る店のロゴが入ったウィンドブレーカーが支給されているので、寒い時はそれを着て出ることもあった。

ただ、今は手元にそれがなかったので、シャツとズボンにサスペンダーをしただけの恰好でもぐもぐと口を動かし、売り場に出る前に洗面所に寄ってうがいをしてから出て行った。

ところが、二階から一階へと続く螺旋階段を降りている際、尊はなぜか、ふたたびあのおかしな感覚に襲われた。

先ほど飲みこんだものが胃に落ちず、どこか違うところに入っていく感じだ。

（あれ。これ、なんかやばいかも――）

思ったとたん、視界が歪む。

同時に、とてつもない眠気が襲ってきて、立っていられなくなる。

助けを求めるように視線をさまよわせた尊の目の先に、アリステアの姿があり、軽く目を細めてこっちを見たようだ。

そのパライバトルマリン色の瞳が驚愕に見開かれ、口がなにかを叫んだ。

そんな姿も、実に美しい。

完璧な美である。

ただ、残念ながら、すぐに天地が反転し、次に尊の目に飛び込んで来たのは青い牛の置物だった。

その像を下から見あげる形となった尊は、青い牛が「モオ」と鳴き、その上に一人の老人が乗っているのを目にする。

（――なんで、ギュウちゃんの上に人が？）

思っていると、その老人が「こらこら」と言った。ただし、その声は水の中で聞いているかのように、どこかエコーがかかって聞こえる。

「そなた、いつまで待たせる？」

（いつって、えっと……）

尊が混乱する頭で考えていると、老人がさらに言った。

「早くせんと、この国は干からびてしまうぞ」

（だから、えっと……）

　考えた尊が、問う。とはいえ、声にならない声である。つまり、自分の声が頭の中に響いているという状態での会話だ。

（そう言う貴方は、誰ですか？）

「――おや、わからんのか？」

（わかりません）

「それは、残念だ」

　さして残念そうでもなく言った相手が、「というか」と指摘する。

「勉強不足だな」

（そうなんですか？）

「そうだ。――なんであれ、梟の使者よ」

　そんな風に呼ばれ、尊は意識の上で背後を見る。自分に対する呼びかけとは思わなかったのだ。

「なんで、後ろを向く？」

（それは、梟の使者がいると思ったからですけど……）

「馬鹿者。お前のことに決まっておろう」

　だが、納得がいかない尊は、首をかしげて訊き返す。

(僕が、梟の使者?)

「そうだ」

(なぜ?)

「理由は、知らん。——ただ、私が私であるのと同じで、お前はお前なのだろう」

名言のように、ふつうのことを言っている。

そう思った尊に、老人は「とにかく」と続けた。

「酒で満たせば、かように道は通じる。ただし、満たすのはお前ではなく、お前と同じ名を持つものだ」

(……同じ名?)

不思議そうに考え込む尊を、老人が急かした。

「とにかく、急げ。時間がないぞ」

その言葉を後押しするかのように、青い牛がふたたび「モオ」と鳴いた。

そして、尊は目を覚ました。

2

目覚めた尊がまず目にしたのは、高い天井だ。

そこに吊り下がるシャンデリアが、またなんともレトロでいい。

他にも、部屋の中に置いてあるものは古色蒼然とした骨董品ばかりで、その大部分が東洋趣味に寄ったものだった。

そんな中、一つだけ、この場にそぐわないものがある。

タールのようなものが塗られた黒光りする木箱で、なんともみすぼらしい感じが、全体の調和を乱している。

（……これ、まだあったんだ）

次の瞬間、尊はここがどこかを認識し、ガバッと跳ね起きる。

思った通り、代表取締役の執務室、アゲインだ。

（まずい――）

きっと、半年のうちに二度もこの部屋に担ぎ込まれるなど、「ブルーブルズ」の長い歴史の中でも前代未聞だろう。

そんな尊の目の前には、当然のことながら、革張りの椅子にゆったりと座るアリステアがいて、尊が起きたことにも気づかないくらい真剣な面持ちで手にしたスマートフォンを見ている。

その横顔の端麗なこと――。

ただし、彼が見ているのは、どうやらスマートフォンの画面ではなく、折りたたみ式のケースで、さらに言えば、そこからぶらぶらと垂れ下がっている一風変わったストラップであるようだ。

梟のような形をしたそれに見覚えのあった尊は、開口一番に言っていた。

「……あれ、それ、僕の」

するとハッとした様子でこちらを見たアリステアが、すぐに表情を引き締めて皮肉気に告げた。

「おはよう、ミコト」

「……おはようございます」

時間がよくわからない状態でのこの挨拶は、責められている感が強い。いったい、今は何時であるのか。

少なくとも、窓の外は真っ暗だから、夜であるのは間違いない。

混乱する尊に、アリステアが訊く。

「酔いは、さめたか？」

「酔い？」

「目」ではなく「酔い」と言われ、一瞬どういう意味かわからずに訊き返した尊に、アリステアが片眉をあげて尋ねる。

「まさか、覚えてないとか？」

「……なにをでしょう？」

訊くのも怖い気がしたが、だからといって、訊かないわけにもいかない。

案の定、アリステアからは恐ろしい答えが返る。

「君は、酔っぱらって倒れたんだよ。――しかも、こともあろうに、まだ客のいるフロアのど真ん中で」

「酔っぱらって倒れた……。フロアのど真ん中……」

繰り返す尊の全身から、音を立てて血の気が引く。

「ああ、えっと」

言葉が続かずに口をパクパクと動かしたあとでパッと姿勢を正し、尊はその場で深々と頭をさげた。

「すみません！　本当に！　なんとお詫びをしたらいいのか」

それから、首だけあげて訊き返す。

「――当然、クビですよね？」

だが、すぐさま「いや」と再び頭を垂れ、潔く自分から申告する。

「これ以上迷惑をかける前に、クビにしてください」

だが、意外にも、アリステアは頭ごなしに怒ることはせず、冷静に言った。

「まあ、そうしてほしいならそうしてもいいが、その前に、いくつか確認しておきたいことがある」

「……はあ」

「他の従業員が言うには、君は就業中に酒を飲んだわけではなく、ただ差し入れされたウィスキー・ボンボンを一つ、二つ、口にしただけだったそうだな？」

「はい」

「それほど、酒に弱いのか？」

「あ、いえ」

強いと言えるほど強いわけではないが、ふだんはそこまで弱くない。ただ、どうしたわけか、あの時は、それで酔っぱらってしまったらしい。

そのことを、尊は説明した。

「そういうわけではないんですが、でも、二つ目を口にする前に、ミセス・アンダーソンから『酔っぱらわない程度にね』と忠告を受けていたので、一つで止めておくべきだったのかもしれません」

「まあ、そんなこともないだろうが……、ふだんは、どれくらい飲めるんだ？」

「体調にもよりますが、ビールやワインの一、二杯なら、顔が赤くなる程度です」

説明したあとで、「あ、ちなみに」と念の為に付け足した。日本で「遠慮」や「沈黙」は美徳と考えられているが、欧米では自分の意見を主張できない人間は「愚か者」に属する。

我を通すのではない、いかに交渉を上手くすすめるかがポイントなのだ。

「いまだかつて、ウィスキー・ボンボンで酔っぱらったことはないです。――とはいえ、これまで僕が食べていたものは安物なので、お酒の強さが違ったのかもしれません。そのあたりのことは、あまり考えずに食べました」

「なるほど」

「でも、理由はともかく、お客様の前で醜態をさらして、本当にすみませんでした」

言いながら、もう一度、深々と頭を下げる。

すると、それを見おろしたアリステアが、小さく溜息をついて応じた。

「それは、もういい。心配せずとも、倒れた君から酒の匂いがプンプンしていたわけではないし、客には勉強のし過ぎによる体調不良と説明しておいたから」

「え、そうなんですか？」

「ああ」

そこで、ホッとした尊が礼を言う。

「――ありがとうございます」

「君のためというより、店のためだ」

「それでも、ありがとうございます」

尊が重ねて言うと、軽く肩をすくめたアリステアが、「まあ」と推測する。

「おそらく本当に体調が悪かったか、でなければ、渡英して半年以上が過ぎて少し気の緩みなどもでてきたんだろう」

「……はあ」

そこは「はい」とも「いいえ」とも答えられずに中途半端な返事をした尊は、相手の言葉に対してふと思う。

（……体調不良？）

本当に、そんな単純な理由なのか。

だが、そもそものこととして、尊は体調など崩してないし、それで言ったら、むしろすこぶる元気だったと言えよう。まして、渡英してからこの方、気が緩んでひっくり返るほど緊張したことなどない。

それよりは、もっと理由らしきものが考えられた。

というのも、さきほどや昨日の夜、さらには、去年のハロウィンの際に酔っぱらって寝込んだ際、尊はある共通の経験をしている。

例のあれだ。

食道を通ったはずのお酒が、胃に落ちずにどこかに行ってしまう感覚。

あれを味わったあとは、なぜか起きていられなくなるほど眠くなり、実際に寝込んでしまうようであった。

そして、そういう時は決まって、眠っている間に奇妙な夢を見る。

最初は、水の中に分け入ろうとしている青い牛の夢だった。

次は、昨夜の羽の生えた輝ける蛇の夢で、つい先ほど見たのは、青い牛の置物に乗っているおじいさんの夢だ。

（……あれ、本当に夢だったんだよな？）

正直、直近の夢に関しては、どこからが夢で、どこからが現実であったのかが、かなりあいまいになっている。

それくらい、始まりはリアルだった。

もちろん、青い牛の置物の上におじいさんが座っていることを「リアル」と言ってよければの話だが、尊の感覚としては「リアル」だったのだ。

それに、「リアル」と言えば、半年前の雨の日に、この店の地下で見た牛の顔をした虎のような縞模様を持つ化け物だって、夢と言うにはあまりに「リアル」だった。

いや、あれについては、現実そのものだ。

（……となると）

尊は、いささか責任転嫁する形で考えた。

（変なのは僕ではなく、この店がそうさせているんじゃないか？）

と——。

考え込んでいた尊に、アリステアが言った。

「——聞いているのか？」

「え？」

聞いていなかった尊が、慌てて言い返す。

「あ、すみません、聞いていませんでした。——なんておっしゃいましたか？」

それに対し、呆れたように尊を眺めやったアリステアが、「君は」としみじみと告げる。

「小心者なのか、大胆なのか、時々わからなくなるな」

「……すみません」

すると、手にしていた尊のスマートフォンを目の高さに持ち上げたアリステアが、改めて「私は」と言い直した。

「君が、なんの目的があって、ここに来たのかと尋ねたんだよ」

「——目的？」

これまた、難解な質問がきたものである。

眉根を寄せた尊が、「えっと」とつぶやいてから訊き返す。

「目的というのは、どういう意味でしょう？」

「つまり、ここに来た理由だよ」

「ここというのは、ここ？」

確認のために床を指しつつ、尊は訊く。本当に、なんでそんな質問をされるのか、見当もつかなかった。

アリステアが、鼻白（はなじろ）んで答える。

「もし君が、この部屋限定で言っているのなら、当たり前だが、違う」

「ですよね」

「ああ」

正直、こんな不毛な会話はとっとと止めたいが、まさか尊のほうから止めるわけにもいかずに、問いかける。

「だけど、それなら、どこのことを言っていますか？」

「もちろん、『ブルーブルズ』だ。この店に来た理由だよ」

「――ああ」

納得がいった尊が、明快に答える。

「それは、働くためです」

「働く？――誰のために？」

「誰って……、えっと、自分のため？」

やはり、どうにも会話がかみ合っていない。こうなると、もはやなにが正解かがわからずに疑問形で返してしまったとたん、アリステアにピシャリと返された。

「いい加減、誤魔化すのは止めるんだ、ミコト」

「——はい、すみません」

誤魔化したつもりはないが、会話がかみ合っていない自覚はあるので、尊はひとまず謝る。

それに対し、「いいか」とアリステアが言う。

「君が夜中、この店にこっそり忍び込んでなにかを探していることは、もうわかっているんだ」

「はい、すみま——え？」

条件反射で謝りかけた尊は、そこで意外そうに首をかしげた。

「忍び込む？」

「そう。ただ、わからないのは、目的だ。てっきり、ダリルに頼まれてこの店の秘密を探りに来ているのかと思っていたが、こんなものを目にしてしまったからには、私にも訳がわからなくなってくる」

「こんなもの」というのは、尊のスマートフォンらしい。それも、スマートフォン自体ではなく、おそらく、スマホケースにぶらさがっているストラップのほうだ。

だが、尊のほうこそ、訳がわからない。

なぜ、アリステアは、そんなオモチャのようなものを気にしているのか。

それに、尊が店に忍び込むとは、どういうことか。

いったい、今、自分の身になにが起きているのだろうか。

そこで、尊は慌てて言った。

「すみません、よくわからないんですけど、店に忍び込むってなんですか。僕、そんなことした覚えはありません」

「だから、とぼけても無駄だと言っているだろう。証拠はあるんだ」

「なら、見せてください！」

いくら自己主張するのが苦手とはいえ、さすがに犯罪者扱いされたら、そんなことも言っていられない。

すると、アリステアが執務机の上にあったタブレット型端末を取り上げ、画面を尊のほうに向けて言った。

「見ろ。――そこに映っているのは、君だろう？」

画面に表示されているのは、この店の防犯カメラがとらえた映像だった。それを見た尊は、暗がりの中を動きまわる人の姿を見て、衝撃を受ける。

「これ……」

「そう、真夜中の侵入者だ。この半年近くで、十数回に及ぶ」

説明を聞きながら食い入るように画面を見ていた尊は、ある瞬間、ハッと息を呑む。暗がりで色合いこそよくわからないが、その人物が着ている服に明らかに見覚えがあったからだ。

尊の表情を読んだアリステアが、「そう」と確信を込めて言った。

「うまく顔が映らないようにしているが、この人物が着ているパーカーには、私も見覚えがあったんだ。──あれは、君のだろう」

「たしかにそうですが……」

驚いていた尊は、すぐには状況が理解できず、しどろもどろに説明する。

「でも、僕はぜったいに夜中にここには来ていませんし、こんな風になにかをこそこそと探したりもしていません」

「なら、これはどう説明する気だ？」

「わかりませんが……」

答えつつ、もう一度画面を見おろした尊は、重大な事実を思い出す。

「あっ」

「なんだ？」

「──いえ」

とっさに話すのを躊躇った尊に、アリステアが言う。

「控えめなのは結構だが、主張する時はしないと、君の疑いは晴れないぞ？」

「それはそうなんですけど……」

それで他の人間が疑われるのは、気の毒だ。

悩んだ末に、尊はひとまず最小限のことを伝えた。

「実は、そのパーカー、去年のハロウィンの頃に失くして、つい最近、ある場所から出て来たばかりなんです」

「……そんな都合のいい話を、私に信じろと？」

目を細めて応じたアリステアに、尊はうなずいて言い返す。

「たしかに、信じがたいとは思いますが、でも、事実ですから」

それがあまりにきっぱりとした態度だったせいか、アリステアが首をかしげて譲歩を示した。

「なるほど。それなら、ひとまずそれを信じるとして、ある場所というのは？」

「同じゼミを取っている友人の家です。昨日、脱水症状を起こして病院に担ぎこまれたんですけど、その彼の家に見舞いに行った時に見つけたんです」

「それなら、その友人とやらには、君に配布されているこの店の身分証兼通行証をコピーすることは可能か？」

「店の身分証兼通行証（カードキー）——？」

意外な質問であったが、考えてみれば、半年もの間、誰にも気づかれずに侵入を繰り返したのであれば、身分証兼通行証（カードキー）のコピーは必要だろう。

だが、本当にそんなことができるのか。

できるとしても、それはかなり高度な犯罪に属する。

タブレット型端末に映し出される映像をチラッと見てから、尊が告げた。

「友人の犯罪者としての能力については知りませんが、ハロウィンの時、僕は酔っぱらって寝込んだ状態で彼が住んでいる共同住宅（シェアハウス）で一夜を明かしているので、その時にやろうと思えばできたかもしれません」

「ほう」

「でも、僕は信じられません。彼がそんなことをするなんて」

「だが、事実、誰かがこの店に侵入しているんだ。君でないなら、その『友人』である可能性は高い」

尊は、なんとも答えられずに沈黙する。

すると、アリステアが、「ところで」と先ほどの尊の説明に戻って尋ねた。

「その友人とやらは、脱水症状を起こして入院したとか言っていたな？」

「ああ、はい」

「この時期に脱水症状とは、また珍しいが、なにか理由があるのか？」

「いえ……」

　尊が、肩を落として応じる。

「医者の話では、原因がよくわからないそうです」

「わからない？」

「はい。原因がわからないまま、ただ身体が干からびたそうで、治療を続けた結果、今日になってようやく安定したと、昼前に彼の彼女からメールが入りました」

「干からびた……」

　とても重要なことを聞いたように重々しく繰り返したアリステアが、タブレット型端末を自分のほうに向け直して画面をスライドする。

　そうして、なにかを確認していた彼は、天井を見あげてつぶやいた。

「……屋上か」

　耳聡く聞きつけた尊が、尋ねる。

「屋上が、どうかしたんですか？」

「いや」

　少しためらったあとで、アリステアが答えた。

「その友人が最後の侵入の時に向かったのは、ここの屋上らしい」

どうやら、アリステアは、時間軸に沿って防犯カメラの映像を分析した結果、その結論に達したようである。

だが、それがなんだと言うのか。

意味が分からずにいる尊に対し、アリステアは尊のスマートフォンを返しながら歩き出した。

「とにかく、先に確認したいことがあるから、一緒に来い。君には、まだ少し訊きたいことがある」

「わかりました」

応じた尊は、部屋の電気を消して廊下に出たアリステアのあとに続く形で執務室を出ていった。

3

廊下は暗く、閑散としていた。

その暗がりの中を、彼らは懐中電灯を使って歩いている。

どうやら、他の社員はとっくに帰ってしまったらしい。

日が暮れているのは知っていたが、それほど遅い時間だとは思っていなかった尊は、返してもらったばかりのスマートフォンを取り出し、時間を確認する。

　そこに表示されていたのは――。

「……え、『00：17』って」

　顔をあげた尊は、焦って確認した。

「今って、真夜中ってことですか⁉」

　腕時計を見おろしたアリステアが、あっさり答える。

「当然、そうなるな」

「嘘、どうしよう」

　尊がスマートフォンを操作しつつ言う。

「ダリルが心配している」

　だが、その点、アリステアは抜かりない。

「安心しろ。あいつには、私から連絡しておいた。――でないと、またぞろ、誘拐だ、拉致（らち）だとうるさいからな」

「あ、そうなんですか？」

　事実、今回、ダリルからは特にこれと言ってメールや電話などが入っていないため、尊はひとまずホッとして礼を言う。

「――ありがとうございます」

すると、チラッと背後を振り返ったアリステアが尋ねた。

「君は、ダリルとはうまくやっているようだな？」

「はい。おかげさまで、とてもよくしてもらっています」

「……『よく』ねえ」

どこか皮肉気につぶやいたアリステアが、「まあ」と続ける。

「仲良くするのはいいが、あまり深入りしないように気を付けることだ。――ああ見えて、なかなか面倒な男だから」

（――面倒？）

それは、意外である。

ダリルは、見た目の通りの人格者で、少なくとも、ここにいるアリステアよりはクセがないように、尊には思えた。

もちろん、まだ知り合って一年にも満たないことを思えば、お互いネコを被っている可能性はなくもなかったが、それでも、尊には、今後生活していく上で、ダリルとの相性はさほど悪くないように思える。

（もしかして、己が歪んでいると、真っ直ぐな人間が歪んで見える……とか？）

アリステアに対し、尊がいささか失礼なことを考えていると、歩きながらスマートフォンを取り出したアリステアが、画面を見たまま急に立ち止まった。

それがあまりに急だったため、うっかり背中にぶつかってしまった尊を、アリステアがパライバトルマリン色の瞳でジロッと睨む。

「すみません」

とっさに謝った尊を見おろしつつ、アリステアがまったく違うことを言った。

「どうやら、君の嫌疑は完全に晴れたようだぞ」

「──はい？」

頭がついていかなかった尊が、ひとまず訊き返す。

「嫌疑？」

「そう。不法侵入の」

「──ああ」

というか、まだ疑われていたことに、尊は若干ショックを受ける。

そんな尊のことなどお構いなしに、アリステアはワクワクした口調で驚くべき事実を告げた。

「たった今、君の身分証兼通行証を使って、誰かがここに侵入した。──だが、実際の君は、こうして私の目の前にいるのだから、これまでの侵入者も君ではなかったことが証明されたと思っていい。──少なくとも、君の身分証兼通行証を持つ別の人間がいるということが、これで、はっきりしたわけだ」

「——はあ」

あまりに色々とあり過ぎて、ことの重大さが今一つ理解できずにいた尊が、少し遅れて事実を認識し、慌てて声をあげた。

「え、それって、今現在、店内に侵入者がいるということですよね？」

「だから、そうだと言っている」

「だとしたら、僕だけじゃなく、さっき話した友人の嫌疑も晴れたことになりませんか？」

「……それはどうかな」

「え、だって、彼は、今も病院にいるんですから」

尊の主張に対し、アリステアが理路整然と言い返す。

「だからと言って、今までの犯行が彼ではないことの証明にはならない。——事実、今回の侵入者は例のパーカーを着ていないし、背後にいた人間が、入院をした彼の代わりに、偽造された身分証兼通行証（カードキー）で侵入した可能性は、大いにあり得る」

そこまで言ったあとで、「ただ、今は」と目の前の問題へと注意を向ける。

「そんな議論をしている場合ではないはずだな」

「確かに。警察に通報しないと」

「いや」

アリステアが、それには難色を示した。

「それは、ちょっと早計というものだ。最悪、それもやむを得ないが、ひとまず、ここで待ち伏せして様子をみることにしよう」

そんな悠長なことを言って、相手が百戦錬磨の兵だったらどうするのか。

心配する尊に、アリステアが「ところで」と訊く。

「君、武術の心得は？」

「皆無です」

「やっぱりか」

ネクタイを緩めながら笑ったアリステアが、「それなら」と指をあげて指示する。

「ひとまず、そのへんに隠れていたまえ」

かくいうアリステアは、それなりに武術の心得があるのだろう。端麗な外見からは想像できないが、ネクタイを緩める男らしい仕草は実に様になっている。

（同じ男なのに、なんでこんなにも違うんだろう……）

おのれと比較してちょっといじけた気分になるが、それこそ、今はそんなことを言っている場合ではない。

いくら武術の心得があっても、相手がどんな人物かわからない限り、心配だ。

万が一、武装していたらどうする気だろう。

意地を張らずに警察を呼べばいいのに、どうやら、アリステアの様子からして、あまり警察沙汰にはしたくないらしい。もしかしたら、警察に店内をくまなく調べられるのを忌避しているのかもしれなかった。

となると、ダリルの言っていた「店の秘密」とやらが、俄然真実味を帯びてくる。

ただ、今は言われた通り、倉庫の中に身をひそめ、扉の隙間から廊下を覗き見ることにした尊は、今か今かと待つ間、心臓が口から飛び出しそうだった。

わずかな時間が、恐ろしく長く感じられる。

相手は、どんな人物なのか。

拳銃などを持っていたら、どうすればいいのか。

尊にとっては気の遠くなるような張りつめた時間が過ぎ、さすがにそろそろ痺れを切らしそうになった、その時だ。

暗い廊下の向こうに、懐中電灯の明かりが揺れ動き、誰かが階段をのぼってくるのが見えた。

ドキドキしながらアリステアを見ると、それに気づいたアリステアが、唇に人差し指をあてて改めて静かにするように示した。

張りつめた時間の中、侵入者が彼らのそばを通り過ぎる。

暗がりでよくはわからなかったが、尊は、その侵入者が、予想していたよりはるかに歳が上である気がした。だが、先ほどタブレット型端末で確認した限りでは、侵入者の風体は尊と同じくらいの年代の若者だったはずだ。

この差は、いったいなんなのか。

侵入者が完全に通りすぎたところで、スッと柱の陰から出たアリステアが、大胆にも声をかけた。

「おい、止まれ」

同時に、彼が持つ懐中電灯が、侵入者を照らし出す。

ギクリとして立ち止まり、ゆっくりと振り返った男の顔を見て、尊は驚愕のあまり口をあんぐりと開け、思わず倉庫から飛び出してしまった。

「――ウォルター教授⁉」

そこにいたのは、尊が通う大学で教鞭をとっているナサニエル・ウォルター教授であった。

だが、なぜ、ここに彼がいるのか。

いったい、なにがどうなっているのか。

混乱する尊とは裏腹に、アリステアは、同じように相手の正体を知ったところで冷静に告げた。ウォルターは「ブルーブルズ」の得意客の一人であるため、当然、アリステアとも面識があるのだ。

「これは驚きましたね、ウォルター教授。まさか、貴方がご自分のところの学生を使ってまで、こんなスパイ活動の真似をするとは。――おおかた、成績を『A^{+}』にするとでも言ったんでしょうか？」

まぶしそうにこちらを見やりながら、ウォルターが昂然と言い返す。

「なんのことだね？」

「とぼけても無駄です。この半年ほど、ここにいるミコトの身分証兼通行証を偽造して店に出入りしていた侵入者が、貴方のゼミの学生であることはわかっています」

「なるほど」

すべてばれてしまっていると観念したらしいウォルターは、さして悪びれた様子を見せずに言った。

「言っておくが、成績なんて、そんなつまらん駆け引きなどせずとも、ジャッコ君は常に私に忠実なんでね。喜んで、任についてくれたよ」

それに対し、尊が愕然とつぶやく。

「じゃあ、やっぱりあれは――」

疑いたくはなかったのに、結局、尊の身分証兼通行証とパーカーを使って夜中に忍び込んでいた侵入者は、ドミニクだった。

なにがショックかと言って、もちろん、彼が尊を利用したことである。

なにせ、万が一、防犯カメラに姿が映ってしまっても、尊に疑いの目が向くように偽装したのは一目瞭然だからだ。

「だけど、なんでそんなこと……？」

衝撃を受けたまま、尊が問う。

すると、神経症的な笑い声をあげたウォルターが、「そんなの」と告げた。

「『百物符』のために決まっているだろう」

「『百物符』？」

胡乱げに繰り返した尊のそばで、アリステアの瞳が暗がりでキラリと光る。

それに気づいているのかどうか、ウォルターが、「そうだ」とうなずいて、どこかバカにしたように続けた。

「残念ながら、ミスター・アマノはあまりピンときていないようだな。──だが、君だって、ジャッロ君のように私の授業をもっと熱心に聞いてさえいれば、その名前に対し、然るべき反応ができたはずだよ」

たしかに、その名前には聞き覚えがあった。

先日の授業で、出たように思う。

だが、ウォルターの言う通り、詳細ははっきりと思い出せない。

そこで、朧な記憶を頼りに、尊は言った。

「十九世紀に、英国人によって発見された……とかいう書のことですか？」

「その通り」

ウォルターが認めたとたん、アリステアが否定した。

「眉唾(まゆつば)でしょう。――少なくとも、正史には存在しない書物です。ある意味、聖杯のようなものですよ。そんなものが実在すると学生に授業で教えているとは、笑止千万、教鞭を執る資格があるとも思えませんね」

「ほう？」

ウォルターが、挑戦的にアリステアを見る。

「君が、それを言うかね？」

「――どういう意味です？」

「私が知らないとでも思っているのか？」

「だから、なにをですか？」

「十九世紀の中頃、君の先祖であるチャールズ・ゴドウィンが、この国になにをもたらしたか」

そこで、ウォルターは、表情を凍りつかせたアリステアから尊に視線を移し、アリステアに聞かせるべき事柄を彼に向かってしゃべり始めた。

「よく聞きたまえ、ミスター・アマノ。私の授業でも散々話しているが、中国には、いまだ体系化されていない鬼神たちの物語が星の数ほど存在し、それらの中には、天候すら左右するほどの力を持つものも含まれている。そして、それら数多（あまた）いる鬼神たちについての知識を持つ人間は、それらを自由に使役できるという考えが存在した」

「でも、それは、あくまでも知識の乏しかった昔のことで、現代社会では通用しないことですよね？」

尊は主張するが、ウォルターは尊の意見などはなから聞く気がないらしく、あっさり無視して「ゆえに」と続けた。

「古代の賢人たちは鬼神たちに関する情報を集めた、いわば『鬼神名鑑』のようなものを作ったのだよ」

「『鬼神名鑑』？」

「そう。有名なところでは、『山海経（せんがいきょう）』の主要部分などがそれにあたるわけだが、他にも『白沢図（はくたくず）』や『九鼎記（きゅうていき）』など、名前のみが伝わっているものもある。――問題となっている『百物符』も、それに相当するとみていいだろう」

そこで、チラッと尊がアリステアを見ると、彼は宝石のようなパライバトルマリン色の瞳でウォルターをじっと見すえていた。

どうやら最初の疑心は去り、今はウォルターがなにを話すか、興味津々であるようだ。

ウォルターが「こうした」と言う。

「『鬼神名鑑』のようなものが、いつ頃から存在していたのかはわからないし、あの地の状態を考えると、これからもわかることはないだろう。——ただ、少なくとも、『春秋』の解釈書として位置づけられる『左伝』によれば、周の大夫、王孫満が夏王朝の徳について触れた際に、遠方の長官に金を送り、その地に伝わる鬼神を鼎に鋳て象らさせ、それについて備えさせることで、民が災いに遭うことを防いだ、というようなことが伝えられているので、夏の時代にはすでに、鬼神について記録されたものが存在した可能性が高い」

ウォルターはそのことにいたく感銘を受けているようであったが、尊は当然のごとく「まあ、たしかに」と応じてしまう。

「青銅器に広く描かれた『饕餮文』とかは、まさにそういった鬼神の一種でしょうから、その頃から存在していたとしても、なんら不思議はないでしょうね」

おそらく、この感覚の違いは、東洋と西洋の文化の違いによるのだろう。

小さい頃から中国や日本古代の文化遺産に触れてきた尊にとって、複雑な文様である『饕餮文』などは、実に馴染み深いものであったが、それとは逆に、渦巻き紋など自然現象を単純化した図で表現してきた西洋の人々にとっては、ああいった複雑怪奇な図柄というのは、とても異趣溢れるデザインに見え、そこに高度に洗練された文化の残骸を見てしまうのだろう。

尊の反応に気を悪くした様子のウォルターが、「とにかく」と言う。

「『百物符』というのは、それらの失われた書物の中から、ある時期に、いくつか抜粋する形で引き写されたものとして、中国内地の寒村で見つかったものだ。それは、その後、見つけた者たちの手でイギリスに運ばれたはずなんだが、なぜか歴史の表舞台に出て来ることはなく、今や幻の書ということになってしまった」

「それは、結局、実在しないということなんじゃ……」

「いや」

断固として否定したウォルターが、「私は」と告げる。

「それが実在したという証拠をつかんだんだよ」

「――証拠？」

それまで黙って聞いていたアリステアが、そこでようやく口をはさんだ。

「証拠というのは、なんです？」

「中国の古老の証言だ」

「古老の証言……」

「そう。三年前に取材で中国に出向いた際、私は事故に遭って、しばらく山間の村に逗留する羽目になったのだが、その時に親しくなった古老から、驚くべき事実を聞かされたんだ」

ウォルターは、いまだ興奮が冷めやらぬ様子で、「その古老によると」と続けた。

「まだ中国沿岸部以外には外国人が自由に出入りできなかった時代に、極秘に中国奥地を旅した植物学者がいて、ある時、彼は迷い込んだ山奥の洞窟(どうくつ)で、壁の中に隠されていた多くの石板を見つけた」

「それが、『百物符』だったと？」

「そうだ。そして、彼は、現地の人間に手伝わせてそれを持ち出し、自分たちの船に積み込んだ」

そこで、尊が「まさか」と問う。

「その植物学者というのが、社長の先祖である『チャールズ・ゴドウィン』だったんですか？」

「その通り」

認めたウォルターが、「しかも」と付け足す。

「その航海の出資者が、誰あろう、当時のケンジントン侯爵だった」

尊が愕然(がくぜん)としてアリステアを見ると、塑像のように表情を消し去った彼が、「ですが」と言い返した。

「それは、あくまでも、中国の古老が話した昔語りですよね？」

それから、「その上」と駄目押しする。

「本人の経験ではなく、先祖代々語り継がれてきたことに過ぎない」

「もちろんそうだが」

認めたウォルターが、「だから、私は」と続けた。

「こっちに戻ってから色々と調べてみたんだが、古老が語ってくれた話の時期とちょうど前後する形で、実際に、ケンジントン侯爵の後援を得た『ゴドウィン商会』の船が中国から帰還していたんだよ。その船の名前は『クラーケン号』というんだが、それは、当時の船乗りたちの間では、『ゴーストシップ』であるとの噂が立っていた」

「『ゴーストシップ』……？」

「なんでも、当時、帰還した『クラーケン号』では、乗組員が全員死亡していたにもかかわらず、無人の状態でテムズ河を航行し、最後は岸壁にぶつかって沈んだんだそうだ」

「無人――」

またもや驚く尊の横で、アリステアが小さく笑って言った。

「おかしいですね。その話が事実なら、『百物符』も、船もろともテムズ河に沈んだことになりませんか？」

「どうかな」

ウォルターは肩をすくめて続ける。

「その事故についての詳細は不明だが、それから一年も経たないうちに、この場所に突如『ブルーブルズ』が誕生しているというのも、意味深だろう。そこに、なにか繋がりがあると考えるのは、さほど不自然ではない」

「そうでしょうかねえ」

あくまでも疑わしげな態度を崩さないアリステアに対し、ウォルターが「そんなことを調べていた折」と言った。

「知っての通り、この店の調査を極秘でさせていたジャッロ君が、原因不明の病で倒れたと連絡があった。いったい彼になにが起きたのかと思って様子を見にいくと、なんと、彼は、意識が混濁している中で、ずっと『輝く蛇』を見たとうわごとのように繰り返していたのだよ」

「――輝く蛇ね」

繰り返したアリステアが、苦々しく訊き返す。

「それは、ネットやテレビでの話ではありませんか？」

「いいや」

否定したウォルターが、上を指で示して答える。

「彼が見たのは、ここの屋上だ。そこに、輝く蛇がいたと言っていた」

勝ち誇ったように言ったあとで、「なあ、いいか」と彼は続けた。

「それを見たあとで、彼があんな脱水症状を起こしたことを思うと、その蛇こそが『魃』の一種であったと考えていいというのは、君だってわかるだろう？」

質問形式で言われても肩をすくめるだけで答えなかったアリステアに対し、ウォルターが勝手に話を進める。

「それが、どういうことかと言えば、そこにこそ、私が探し求める『百物符』があるということなんだよ。――違うか？」

ウォルターはほぼ確信している様子であったが、うっすらと微笑んだアリステアは、上品な態度を崩さずに「なるほど」とうなずく。

「お話はよくわかりました、教授。――ということで、私どもとしても、あまりことを荒立てたくはありませんので、教授には、ここでお引き取りいただけたらと思います。そうすれば、不法侵入の件は不問に付しますし、あとは、こちらでなんとかします」

とたん、ウォルターが険しい顔になって叫んだ。

「おい、まさか。ここまで来て、私を排除するつもりか？」

「穏便に済ませようとしているだけですよ。――そちらも、これまでの地位や名誉をこのような形で奪われるのは、本意ではないでしょう」

だが、ウォルターは、すでに『百物符』に取り憑かれているらしく、近くにあったガラスの花入れに手を伸ばすと、それを、二人に向かって投げつけた。

「ふざけるな！　あれは、私が手に入れる！」

とっさのことで棒立ちになってしまった尊が、飛んでくる花入れを避けることができずにいると、廊下を蹴って飛び付いたアリステアに押し倒された。

そのすぐそばを、ヒュッと音を立てて花入れが通り過ぎ、背後の壁にあたってガシャンと砕ける。

ガラスの破片が飛び散るが、アリステアが覆い被さってくれていたおかげで、尊はかすり傷一つ負うことなく済む。

その隙に、ウォルターは一人で階段を駆け上がり、屋上へと出て行った。

半身を起こしたアリステアが、横たわる尊を覗き込む。

「――ケガはないか、ミコト？」

「大丈夫です」

答えつつも完璧な美貌を鼻先三寸くらいの距離で見てしまった尊は、こんな時だというのに少しドキドキしてしまう。

それを押し隠すように、慌てて訊き返した。

「――ミスター・ゴドウィンこそ、ケガはありませんか？」

「私は、平気だ」

　言いながら立ち上がったアリステアが、「もし」と続ける。

「どこもケガがないようなら、私は彼のあとを追うから、君は——」

　だが、アリステアの手を借りて起きあがった尊が、「そんな」と言い返す。

「ここまで来たら、僕も行きます」

　それから、「いや」と言って止めようとしたアリステアを大胆にも片手で遮り、尊はさらに主張する。

「というか、僕、行かないといけない気がするんです。——『輝く蛇』のためにも」

「……『輝く蛇』のため？」

　繰り返したアリステアが、怪訝そうに首をかしげる。

「やはり、君はなにか——」

　だが、その時、階上からウォルターの悲鳴が響いてきたため、反射的にアリステアは階段を駆け上がっていた。

　尊も、それに続く。

4

屋上に一歩出ると、そこに、白い光球があった。

なにかを光源として、まばゆい光が放たれているのだ。

とっさに目を庇うように腕をあげた尊は、その光の中心に巨大蛇（アナコンダ）のような巨大な生き物がいるのを見た。それと断言できないのは、黄みがかった細長い身体をくねくねとくねらす姿は間違いなく巨大蛇であるのだが、その身体にはしっかりと、コウモリのような羽が生えているからだ。

つまりは、龍（りゅう）か。

だが、尊の知っている龍は、もっと昂然（こうぜん）と頭をあげ顔に髭（ひげ）を生やしたりしているが、この生き物の顔はのっぺりしていて、むしろやっぱり蛇に近い。翼がなくて発光していなければ、間違いなくジャングルに潜む巨大蛇だ。

「ば、化け物――」

屋上の床に尻餅（しりもち）をついて腰を抜かしているウォルターが言った。

そうだ。

たしかに、化け物ではあるのだが――。

尊は、なにかが腑に落ちないまま、くだんの生き物に視線を移す。

（……君、だったんだね）

昨晩、夢に出て来た生き物は、こうして現実に存在しているものだった。そして、ここから尊に必死に呼びかけていたのだろう。

つまり、彼――もしくは彼女――は、なにかを求めている。

（だが、なにを？）

考え込む尊の背後では、日時計のほうに視線をやったアリステアが、そこに転がっていた石板のようなものを拾いあげる姿が見受けられた。その表情は、ひどく納得しているような、それでいてどこか自嘲しているようなものである。

と――。

「うわあああああ！」

ウォルターがふたたび叫んだ。

どうやら、謎の生き物がくねくねとうねりながら、ウォルターに近づいたらしい。

「来るな、来るな、あっちへ行け――」

言いながらよろよろと立ち上がったウォルターは、こともあろうに、そばにいた尊をドンッと化け物のほうに突き飛ばし、自分は一目散に逃げ出した。

尊を人身御供にして、自分だけ助かろうとしたのだ。

その姿が、あっという間に屋上の扉から屋内へと消え去る。

一方、突き飛ばされた尊はというと――。

「うわっ」

「ミコト！」

アリステアが彼を呼ぶ声を聞きつつ床の上を転がるが、すぐさま反転してなんとか起きあがる。

と――。

起きあがった尊の目の前に、巨大蛇の頭があった。

巨大蛇が、黄色く光る瞳を向けてじっと尊を見ている。

「――！」

さすがに息を呑んだ尊は、沈黙したまま、巨大蛇と対峙した。

その輝く瞳にあるのは、敵意と失意で、決して友好的とは言えないものであったが、尊はなぜか切なくなって、巨大蛇の頭へと手をのばす。

「……もしかして、君は」

だが、そんな尊に対しても、輝く蛇が牙を向く。

巨大な頭を振り立ててのしかかって来ようとした巨体に対し、その時、背後のアリステアが凛と響く声で降魔の呪文を放った。

「魃の系譜にて末塗の水より出でし傜蝿よ。太上老君の名において、あらゆるものを干上がらせる汝を、その象りの中へ封ずる。——リンビンドウジョージエジェンリエチエンシン!!」

言葉と同時に輝く蛇のような生き物に向かい、その指先が真っ直ぐに向けられる。

とたん。

空間を揺るがし、空気砲のようなものが指先から放たれた。

ハッとした尊が止める間もなく、バシッと。

それまで目の前にいた輝く蛇が、粉砕されて消え去る。

ほんの一瞬のできごとであった。

そうして姿の見えなくなった輝ける巨大蛇のあとには、金粉が散るように光の残像がキラキラときらめき、やがてそれらが一筋の流れとなって、アリステアが手にしている石板のほうへと流れていった。

それを目で追った尊が、アリステアに向かって訊く。

「まさか、アレを消したんですか？　——貴方が？」

だが、アリステアは答えず、尊はさらに訊いた。

「でも、なぜ？」

「——なぜ？」

さすがにその質問は意外だったらしく、アリステアが眉をひそめて尊を眺めやる。

「なぜというのは、どういう意味だ？」

その際、声の調子が少し怖かったのは、まるで尊に責められているように感じたからだろう。

尊が、慌てて弁明する。

「あ、すみません。もちろん、文句を言うつもりはないんですけど——、ただ、前もそうでしたよね？」

「前というのは、君が、地下で溺れかけた時のことを言っているのか？」

「そうです」

うなずいた尊は、「彼らは」と言いながら、輝く蛇が消えてしまったあたりの空間を示して続けた。

「どこに行ってしまったんですか？」

「——なんで、そんなことが知りたい？」

「なんでって……」

そこで少し考えた尊が、「よくわかりませんが……」と躊躇い気味に答えた。

「助けを求められていたような気がしたから」

「助け？」

面白そうに応じたアリステアが、訊き返す。

「彼らにか？」

「そうです」

「そう思う根拠は？」

「それは――」

ふたたび躊躇った尊が、ややあって答える。

「夢で見たからです」

「夢？」

「はい」

「夢で、助けを求められたというのか？」

「あ、えっと」

そこははっきりわからないため、尊はどう説明するか迷う。

「別に『助けてください』とはっきり頼まれたわけではないんですけど、彼らが夢に出て来たのは事実です。それで、昨日見た時には――」

言いかける尊を遮って、アリステアが訊く。

「昨日と言うのは、先ほど君がウィスキー・ボンボンで酔っぱらった時のことか？」

「いや、違います」

否定した尊が、言い直す。

「すみません、もう日付をまたいでいるのを忘れていました。『昨日』と言ったのは一昨日の夜のことで、ダリルと一緒にワインを飲んでいた時も、急に眠くなってその場で寝てしまい、そのまま夢を見たんです。その時に、あの輝く蛇みたいな生き物が出てきました」

しどろもどろに説明する尊が、「どうも、僕は」と続けた。

「お酒を口にすると、なんらかのスイッチが入るみたいで、起きていられないほどの眠気が襲ってくることがあるんです。それで眠りながら暗示的な夢を見るみたいなんですけど」

「……なるほど」

アリステアが、興味を引かれたように問う。

「それなら、さっきも、寝ながらなにか見ていたのか?」

「そうですね。さっきは、ああいう化け物のようなものとは違って、青い牛にまたがるおじいさんの夢を見ていました」

アリステアの片眉が品よく上がり、「まさか」と確認される。

「青い牛というのは、『ブルーブルズ』か?」

店名を背負っている例の青い牛の置物のことを言われ、尊は「はい」とうなずいた。

「いつも見ているせいかもしれませんが、おじいさんが乗っていたのは、間違いなくあの牛だったように思います」

　すると、しばらく真剣な面持ちで何やら考え込んでいたアリステアが、ややあって顔をあげると、尊の前まで歩いてきて片手を差し出しながら言う。

「悪いが、もう一度、スマートフォンを見せてくれないか？」

「……ああ、はい」

　そこで尊がポケットからスマートフォンを取り出して渡すと、アリステアは、先ほどと同じように、画面ではなく、ケースにぶらさがっているストラップをじっと眺めた。

「一つ訊くが、このストラップはどうしたんだ？」

「これですか？」

　尊が首をかしげながら、ブラブラと揺れているストラップに手を添えて答える。

「これは、死んだ祖父からもらったものです」

「お祖父さん？」

「はい」

　会話をしながらスマートフォンを返してもらった尊が、それをしまわずに話を続けた。

「母方の祖父ですが、中国文化を研究する学者だった祖父が、生前『中国神話の世界観』と題した展覧会の監修を任された際、土産物として販売されたストラップの試作品を僕にくれたんです」

「試作品？」

「そうです」

　そこで、当時を思い出したようにクスッと笑った尊が、「祖父は」と続けた。

「さすが学者というかなんというか、本気で、これと同じレベルのものを展覧会のお土産品として販売しようとしたそうなんですけど、まあ、どう考えても無理ですよね」

　言われて、アリステアが苦笑する。

　彼も何度も見入ってしまったように、これは、ただのストラップにしては、材質もさることながら、細部に至るまで非常に精密に作られているからだ。

　もはや、一つの芸術品と言えよう。

　尊が説明する。

「結局、実際に販売されたのは、プラスチック製のもっと安っぽいものでしたが、見ての通り、これは祖父が京都の職人にお願いして、細部までしっかりと実際の展示物と同じになるように仕上げてもらったから、ミニチュアサイズではありますが、ある意味、完全なる複製品（レプリカ）なんです」

「しかも、唯一無二の、か」

「はい」

うなずいた尊が、「これ」と続ける。

「梟のように見えますが、実物は『尊』と呼ばれる古代中国の酒器で、ほら、ここが開いて中にお酒が注げるようになっているんです」

説明しながら頭の突起をつまんで首の部分をカパッと開き、「ね？」と言ってから「それでもって」と話を進めた。

「祖父は、『尊』の字が僕の名前と一緒であることから、お守り代わりとして、これを僕にくれたんです」

「なるほど」

うなずいたアリステアが、言う。

「ということは、君も一種の酒器なわけだな。――しかも、梟の」

「酒器……？」

そこで尊は首をかしげ、「梟かどうかはわかりませんが」と答える。

「『尊』という漢字が神前に供える酒樽を意味するのは、たしかです。――うちの実家が造り酒屋で、近くの神社にお酒を奉納していた関係からこの名前がついたと、前に親から聞いたことがありますから」

「ほぉ。神前に供える酒か」

心底納得したように言ったアリステアが、扉のほうに向かって歩きだしながら「それなら」と告げた。

「悪いが、一緒に来てくれ。――君に見せたいものがある」

5

階段を降りたアリステアは、複雑に入り組んだ四階の廊下を迷いなく進み、ある部屋の扉を開けた。

あとを追いかけていた尊は、そこで「あれ？」と思う。

なぜと言って、その部屋は、尊が事務作業をするのにあてがわれている書庫を兼ねた倉庫だったからだ。

（なんで、ここに？）

首をかしげつつ入っていくと、アリステアがいない。

慌ててものであふれ返る部屋の中を見まわすと、右手のかなり奥まったところにいたアリステアが、書棚の一つに手をかけ、それをスッと手前にスライドする姿が目に入った。

せていく。

「――え!?」

驚く尊を尻目に、アリステアは、書棚の奥に開いた空間にするりと身体を滑り込ませていく。

「え？　え？　え？」

目が点になってしまった尊は、それでも、急いで駆け寄り、手前に開いた書棚とその奥に開いた空間をマジマジと眺め、もう一度「ええ？」と驚く。

「嘘。こんなことって、ある？」

半年も作業をしていた場所だが、こんなものが存在していたとは今の今まで知らなかったし、たしかに、小説や映画ではよくある設定だが、隠し部屋など、本物を見るのは、正真正銘、これが初めてだった。

「すごい――」

尊は、驚きを通り越して感動する。

「なんかすごいぞ」

ただ、よくよく考えれば、これまでアリステアが思わぬ場所に出没して尊を驚かせたのも、こんな隠し部屋があってのことだったのだと納得がいった。

「そりゃ、神出鬼没にもなるよな」

この分では、他にも、どこにこういった隠し部屋があるか、知れたものではない。

するど、いつまで経っても入って来ない尊に焦れたように、中からアリステアの声がした。

「なにをしている、ミコト、入って来い」

「あ、はい」

だが、中に入った尊は、そこで、さらに驚くことになる。

そこは、円形の空間で、天井には丸い窓がはめ込まれている。

これは尊の想像だが、もしそれが本当に窓だとしたら、おそらくその窓は、屋上にある日時計のモニュメントの真下にあたるのではないか。つまり、あの日時計はミラーガラスになっていて、向こうからは見えないが、文字盤を通じてこの部屋に太陽光が差し込む仕組みになっているとか、だ。

室内はシンプルでほとんどものがなく、座り心地の良さそうなカウチチェアーが置いてあるくらいである。

(もしかして、ここって、この人の瞑想部屋か?)

そんなことを考えていると、アリステアが、天窓の下に敷いてあった敷物をどけ、そこに現われた丸い上げ蓋を開けて、階下へとおりる螺旋階段へと足を踏み入れた。

(うわ、やっぱり。まだ隠し部屋があるんだ!)

感動しつつ、しだいに好奇心に駆られ始めた尊は、アリステアに続いて螺旋階段を降りて行く。

最初は暗くてよくわからなかったが、アリステアがスマートフォンを操作すると、急にあたりが淡い光に包まれ、全体像が把握できるようになった。

同時に、これまで以上の衝撃が尊を襲う。

（——これって）

徐々に明らかになっていく部屋の様子に、尊は言葉を失った。

なんとも奇妙な部屋だ。

三階分くらいの高さがある四角く細長い部屋は中心に彼らが降りている螺旋階段があり、その周りを囲むように四方の壁一面に石板が埋め込まれている。しかも、壁と階段の距離が近いため、手を伸ばせば石板に触れることができた。

これも想像だが、おそらく、この空間は店の中心を貫く方形の柱の内部に違いない。

一度立ちどまった尊は、石板のいくつかをじっと眺めた。

描かれているのは、輪郭の薄れた図像で、どれも想像上の動物であるらしい。

今、尊が見ているのは、ネズミのような身体にライオンのような爪があり、背中に四枚の羽を生やしたものだった。

図像の下には漢字が書かれているが、日本人である尊にも読めないものがほとんどだ。

ようやく衝撃から回復した尊が、先を歩くアリステアに尋ねる。

「……これは？」

「わからないか？」

そこで、もう一度ぐるりとあたりを見まわした尊が、おずおずと答えた。

「もしかして、さきほどウォルター教授が話していた『百物符』ですか？」

「ご名答」

「ということは、実在していたんですね？」

「ああ」

うなずいたアリステアが、「実際」と続ける。

「あの男の言っていたことは、ほぼ正しい」

そこで、尊はウォルターと話した時のことを思い出しながら確認する。

「それなら、これらを中国からイギリスに運び込んだのは、ミスター・ゴドウィンの先祖なんですね？」

「そうだ」

認めたアリステアが、そこで上を向いて皮肉気に笑い、「ただし」と警告するように告げた。

「彼らは、これと一緒に、我が国に災いももたらしたんだが……」

「――災い？」

　どういうことかと首をかしげる尊に、アリステアが説明する。

「先ほど、ウォルター教授は、『百物符』が、すでに失われた『九鼎記』や『白沢図』から抜粋されたものとしていたが、チャールズ・ゴドウィンが残した日誌によると、どうやら主に『白沢図』から抜粋されたものらしい。――『白沢図』はわかるか？」

「えっと、すみません。名前くらいしかわからないかも」

　恥じ入る尊だが、それも仕方のないことで、彼の場合、教育熱心だった親のおかげで美術品や工芸品などを見る機会には恵まれてきたが、それらの背景にある文化的知識には乏しく、それを勉強するためにイギリスに留学してきたのだ。

　つまり、すべてはこれからということである。

　うなずいたアリステアが、簡潔に説明してくれる。

「今も言ったように、どちらもすでに逸書だが、『白沢図』のほうは、その存在を示すものとして『隋書』に『白沢図一巻』とあり、さらに後代になって補足を加えられた『新増白沢図』というものが五巻あったことが『南史』に記されている」

「それなら、実在していたのは、間違いないんですね？」

「おそらく、そうだろう」

　認めたアリステアが、屋上から運んできた石板を空いている書棚にはめ込みながら続ける。

「で、問題の『白沢図』だが、伝説では、黄帝が全国を巡り歩いた際、『白沢』という不思議な生き物をとらえたことに始まる。——さすがに、黄帝の説明は要らないな？」

「はい」

尊が、苦笑混じりにうなずく。その名前すら知らなければ、留学する前に大学で中国のことを勉強し直す必要があるだろう。

「中国古代の伝説上の帝王で、姓は『公孫』、号は『軒轅』で、蚩尤を倒して天下統一を果たし、養蚕や文字などを広めた漢民族の始祖的な存在です」

尊の回答を聞いて満足そうにうなずいたアリステアは、説明を続けた。

「その黄帝がとらえた『白沢』という生き物は、人語を解し万物に通暁していて、黄帝に対し、地にはびこる鬼神や精魅——これは、自然発生的な『もののけ』のことを言うんだが、それらについてつぶさに教えてくれたそうだ。その数、一万一千五百二十種というから、なかなかのものだろう」

「なんか、悪魔の軍団みたいですね」

尊がうっかり変な喩えをすると、アリステアが軽く口元を引きあげる。

「悪いが、悪魔の軍団はもっと多い」

「そうなんですか？」

興味を示した尊だが、話が逸れると思ったのか、アリステアは無視して「黄帝は」と続けた。

「家来に命じて、教わったそれらの鬼神や精魅を図に描かせ、それを惜しげもなく広く天下に示したそうだ。──というのも、そうやって鬼神や精魅のことをよく知ることで、それらがもたらす災いを避けることができると考えたからだ」

「それって、すごく親切ですね」

「ああ。──それに、情報を制する者がすべてを制するという姿勢は、なにも今に始まったことではないという証左とも言える」

「たしかに」

尊が感心して同意し、「それなら」と問う。

「『百物符』は、一万以上あったとされる『白沢図』の中から、百個を抜粋して描き写したものなんですか？」

「いや」

アリステアは人さし指をあげて否定し、「数に関しては」と続けた。

「決して正確な数字ではなく、おそらく『たくさん』という意味での『百』だったのだろう」

「ただ、渡航の途中で失われたものや、接岸の際にテムズ河に沈んだものもあって、今現在、この場にあるのは、今回のこれを合わせて八十九枚に過ぎない」

「ああ、なるほど」

そこで、尊がハッとする。

「テムズ河に……ってことは、さっき、教授が話していた、テムズ河の『ゴーストシップ』という話も、事実なんですか？」

「事実だ。――ただし、沈んだのは一部のみで、積み荷の殆どは無事だったが」

アリステアは言い、「史実として」と続ける。

「その話がほとんど世に知られていないのは、教授が言っていた通り、『クラーケン号』の後援者がケンジントン侯爵だったからで、当時、あまり表立って史実に残らないようにあちこち手をまわしたようだ。――ただ、それでも、すべてを消し去ることはできず、つぶさに調べれば、なんらかの手記や公文書で、この事実を確認することができる」

「ふうん」

相槌を打った尊が、不思議そうに尋ねる。

「だけど、乗組員が全員死んでいて、その船はよく航海を続けられましたね？」

「そこが一番の謎なんだ」

アリステアも認め、伸ばしたままだった人さし指を振りながら続ける。

「当時の記録によれば、乗組員は伝染病にやられたようで、数人が辛うじて生き残っていたとはいえ、とても航海を続けられる状態ではなかったらしい。——ただ」

そこで、若干ためらいを見せてから、アリステアは言った。

「これこそ本当に伝説の域を出ないんだが、着岸した船の操舵室には、この店に置いてあるあの青い牛の置物があったそうで、そこから、船を操縦してきたのは、あの青い牛だったのではないかという噂が立った」

「……青い牛？」

つぶやいた尊が、あっさり続ける。

「ああ、なら、あり得るかも」

とたん、アリステアが、眉をひそめて尊を見おろす。

「あり得る？」

「はい」

うなずいたあとで、自分がまずいことを認めたと気づき、尊は慌てて説明する。

「だってほら、あれって、唐三彩ですよね。唐三彩は死者の埋葬のために作られるものなので、あれに死者の霊が憑いていてもおかしくないんじゃないかって——」

話しながら、尊は、もしそうなら、きっとあの青い牛に乗っていたおじいさんこそが、その死者なのではないかと思う。

（そういえば、あの時、あのおじいさん、なにか言っていたよな。……酒で満たせとかなんとか）

意識が逸れかけた尊の耳に、アリステアのよく通る声が届いた。

「それは、なかなか面白い考えだな」

興味ぶかそうにパライバトルマリン色の瞳を光らせたアリステアが、「だが」と自分を戒める。

「そちらは、のちのち考えることにしよう。――それより、今は話の続きだが、『クラーケン号』をなぜそんな不幸が襲ったかといえば、もともと、『百物符』というのは、単なる『名鑑』のような役割をしていた『白沢図』などとは違って、ある道士が鬼神や精魅を手近に置いて使役するために、石板の中にその魂を閉じこめたものであったからだとされている」

「使役する……」

つぶやいた尊は、ウォルターの顔を思い出す。

彼も、常々、似たようなことを言っていたが、どんな時代にも支配欲が強い人間はいるものだと痛感した。

アリステアが、「そのせいで」と言う。

「その道士が死んだのち、『百物符』の処分に困った村人たちは、それを山奥の洞窟に封印して、祟りがないよう祀っていたのだそうだ」

アリステアの説明を受け、尊が「それを」と引き取った。

「ゴドウィン家の先祖が見つけて、掘り起こしてしまったんですね？」

「ああ」

「だけど、だったらなんで、村人たちはそれを止めなかったんでしょう？」

「そこなんだが、どうやら、その村の人々は、止めるどころか、チャールズにその石板を持っていかせるように仕向けたようだ」

目を丸くした尊が、「仕向けたって、まさか」と問う。

「体のいい、厄介払いですか？」

「まあ、それもあるが――」

軽く瞳を翳らせたアリステアが、「それ以上に」と教える。

「復讐という意味合いが、強かったのではないかと思う」

「復讐？」

「ああ」

うなずいたアリステアが、続ける。

「君も知っての通り、当時の中国は、アヘン戦争で深い痛手を負っていたから、そこで生きる人々にとって、英国人は悪魔の手先のような存在だった。——当然、心の底から憎んでいる人間も大勢いて、彼らは、表向き、『百物符』を気前よく持たせることで、イギリス本土に災厄を送り込んだんだ」

「——なるほど」

そして、事実、手始めに、災厄が船を襲った。

尊が言う。

「もちろん、船だけでなく、その後、イギリス本土にも影響が出たんですね？」

「そのようだな」

それは、半年前にロンドンを襲った水害のようなものだったのか。

それとも、今現在、英国全土に被害が及んでいる日照りのようなものであったか。

アリステアが言う。

「当時、イナゴが大量発生してひどい被害が出たようだが、その前後にウサギのような姿に蛇の尾を持つ化け物の姿が目撃されている。そこで、チャールズの日誌などから様々な事実を知ったゴドウィン家の人間とケンジントン侯爵は、結託し、『百物符』をある場所に封印することで被害を食い止めようとした」

「それが、この店……」

尊が改めてあたりを見まわし、小さく身震いする。

ここに並んでいる石板には、いまだ息づく鬼神たちが眠っているのだ。

それを思うと、身の内を走る興奮を抑えきれなかった。

尊が尋ねる。

「だけど、そもそものこととして、よく暴れ出したものを封印できましたね？」

その方法をゴドウィン家の人間やケンジントン侯爵が初めから持っていたとは考えにくい。

すると、アリステアがあたりを見まわして小さく肩をすくめた。

「それは、ひとえに青い牛の功績だ」

「青い牛の功績？」

繰り返した尊が、首をひねって確認する。

「――それって、どういう意味ですか？」

「どういうもこういうも、そういうことだよ。この店が『ブルーブルズ』という名前なのも、そのためであるのだが、まあ、もう少しきちんと説明すると、もちろん、私たちの先祖に、鬼神や精魅を抑える力などなかった。――ただ、当時まだ幼かったチャールズの孫が、ある時、『青い牛の上に乗っているおじいさん』からの伝言を口にしたんだ」

「青い牛の上に乗っているおじいさん」というキーワードに接した尊が、ハッとしたように顔をあげて、狼狽えた。

「――嘘。マジですか？」

それをどう受け止めたのかはわからなかったが、アリステアはひとまず表情を変えずに続けた。

「それによると、その『青い牛の上に乗っているおじいさん』が、いつの日か、鬼神や精魅が無事に元の場所に戻れるまで、この地で安らかにしていられるように力を貸してくれるということだった」

「鬼神や精魅なのに、おとなしく戻るんですか？」

尊の疑問に対し、「そうだな」とつぶやいて少し考えたアリステアが、「おそらく」と解説する。

「彼らは、土地に根差した生き物なのだろう。もっと言ってしまえば、その土地の精気が凝集して形を取ったのが、彼らなのかもしれない。――その証拠に、降魔の時の呼び掛けには、必ず土地の名前が付随する」

「あ、そうか」

手を打った尊が、「だから」と納得する。

「おのずと戻りたがるわけですね」

「そう。同じ理屈で、石板から抜け出した鬼神や精魅も、やがては石板のところに戻ってくる。ここが、現在の彼らの住処だからだ。そこで、私たちは、時間稼ぎとして、彼らが暴れ出した時のために降魔の方法を教えられ、さらに石板を収める場所を作るように助言された。それを受けて、創設されたのがこの店で、代々ゴドウィン家の人間が降魔の呪文の使い手となって暴れる鬼神や精魅を石板に封じ、ケンジントン侯は、そんなゴドウィン家の人間が問題なく活動できるよう、この店の後援者となったんだ」

「へえ」

長い歴史の中で、そんな秘密を抱え込んできたとは、「お気の毒に」としか言いようがない。

ダリルが言っていた、「秘密の共有者」とは、まさにこれだったのだろう。

そう思った尊が、ふと思いついて尋ねる。

「このこと、ダリルには……？」

「まだ話していないし、話したところで、鼻で笑われるのがオチだろうな」

アリステアは皮肉たっぷりに断定したが、果たして本当にそうだろうか？

尊は疑問に思うが、それ以上に心配なのは——。

「でも、ダリルが理解してくれなかった場合、唯一の理解者である現在のケンジントン侯がお亡くなりになったら、この店はどうなるんですか？」

「そこが問題で」

認めたアリステアが、なぜか、もの問いたげに尊を眺めた。

「当時の予測では、その時が来れば、鬼神や精魅を元いた場所に戻すための使者がやってくるとのことだったそうだ」

「使者？」

「そう。つまり、我々は、その間だけ、代々、この極めて異色な任務に就けばよかったはずなんだが、待てども暮らせども、その使者は来なくて、正直、ケンジントン侯もそろそろ限界なのではないかと、とても苛立っておられる」

それはそうだろう。

長い年月の間には、さまざまな事柄が発生し、なかなか思うようにはいかなくなることもあったに違いない。それを思えば、むしろ、アリステアやケンジントン侯爵がこの事実をすんなり受け入れていることのほうが、奇跡と言えなくもない。

(そりゃ、仏頂面にもなるよなあ……)

ケンジントン侯爵の顔を思い浮かべた尊が、同情して言う。

「それは、本当に大変ですね」

「そうなんだが、どうやら、それもようやく終わりそうだ。——少なくとも、希望は見えて来たと言えるだろう」

「え、そうなんですか？」

意外だった尊に対し、アリステアが「ああ」とうなずいて教える。

「というのも、チャールズの孫が伝言した『青い牛に乗っているおじいさん』の話によると、『百物符』に封じられている鬼神や精魅を元の場所に戻す使者というのは、『梟の使者』であるそうだから」

「『梟の使者』？」

「ああ」

「え、それって……」

眉をひそめた尊が宝石のようなパライバトルマリン色の瞳と目を合わせ、そのあとほぼ同時に、二人の視線が尊のポケットに注がれる。

そこに入っているスマートフォンには、ミニチュアではあるが、まさに梟をモチーフとした古代の祭事具がぶらさがっているからだ。

「まさかですよね？」

半信半疑の口調で応じた尊が、スマートフォンを取り出しながら訊いた。

「『梟の使者』って、これのことだと思っています？」

「そうだな。――というより、もっと言ってしまえば、それは単に『梟』であり、それを運んだ君こそが『梟の使者』なのではないかと、私は考えている」

驚くべきことを言われ、尊が慌てて否定する。

「いやいや。あり得ない」

それから、真剣な面持ちでさらに主張する。

「だって、僕、なにも知りませんから」

だが、アリステアはすでになにかを確信しているようだった。

「そうかもしれないが、チャールズの孫と一緒で、君は、すでに『青い牛に乗ったおじいさん』と話しているはずだな？」

「――あ」

尊は、とっさに言葉を失う。

言われてみればその通りであり、認めるしかなかった。

「たしかに、夢で会いましたし、そういえば、その時、忠告めいたことを言われたのも事実です」

アリステアが、瞳を光らせて問う。

「なんて言われたんだ？」

「えっと、なんだったかな」

考え込んだ尊が、「そうそう」と言う。

「酒で満たせと言われました」

「酒で満たせ？」

「はい。ただし、僕ではなく、僕と同じ名前を持つ――」

言いかけた尊は、そこで言葉を止め、アリステアとふたたび顔を見合わせた。

それから、先ほどと同じように、ほぼ同時にスマホケースにぶらさがるストラップに視線を移す。

雄弁なる沈黙。

その間、二人がなにを考えていたかは一目瞭然で、ややあって尊が「いやいや」と否定した。

「そんなの、絶対に嘘ですよ」

「だが、夢で言われたんだろう？」

「そうですけど、こんな小さなものにお酒を注いで、なにがあると思いますか？」

「そんなの、やってみないことにはわからない」

案外、柔軟に物事を受け入れるらしいアリステアが、「それに」と告げた。

「君自身が、すでに半分証明したようなものだしな」

「……僕？」

意味が分からなかった尊が、自分を指さして確認すると、「そうだ」と認めたアリステアが、「ほら」と説明する。

「自分でも言っていただろう。お酒を飲むと、時おり、急に起きていられないくらい眠くなって、そういう時に限って、不思議な夢を見ると」

「まあ、そうですね」

「それは、考えようによっては、異世界への扉を開けているということだから」

「……異世界への扉」

「それを思えば、どんなに小さくとも、それが君と同じ名前を持つ祭事具なら、そこに酒を注げば、同じように異世界への扉が開く可能性は高いと思わないか？」

「思いません」

　尊は即答したが、アリステアは、尊を押すようにして螺旋階段をあがりながら、

「なんであれ」と言った。

「やって損のないことは、この際、なんだってやってみるべきだ」

「意外にポジティブですね」

　背後の美しい顔に視線をやりながら呟いた尊に、アリステアが極上の笑みを浮かべて「当然」と言い返す。

「なんと言っても、我が家の家訓は『前進あるのみ』だからな」

6

一度、隠し部屋を出た尊とアリステアは、社長室から極上のスコッチ・ウィスキーを持ってくると、ふたたび隠し部屋へと戻ってきた。

「おそらく」

螺旋階段を下までおりながら、アリステアが言う。

「それに注ぐのは、中国酒がいいのだろうが、いちおうウィスキーも『魂(スピリッツ)』を意味する蒸留酒であれば、中国の白酒(パイチユウ)などと変わらないから十分対応できるだろう。駄目だったら駄目で、明日(あした)にでも中国酒を買ってきて、もう一度試せばいい」

「……そうですね」

いまだ乗り気でない尊であるが、雇用主には逆らえない。

一番下まで降りた二人は、そこで早々に簡易の儀式を始める。

儀式と言っても、なにをやるわけでもなく、ただ、尊のストラップにスコッチ・ウィスキーを注ぐだけである。

尊がスマートフォンのケースからストラップを外し、首のところでカパッと開くと、それに合わせて、スコッチ・ウィスキーの瓶を持ち上げたアリステアが言う。

「準備はいいか？」

「はい」

「なら、注ぐぞ」

「どうぞ」

そんな簡単な会話のあとで、アリステアがスコッチ・ウィスキーの瓶を傾ける。傾けながら、「せっかくだから」と提案する。

「ちょっと、それらしいことを言ってみたらどうだ？」

「それらしいこと？」

首をかしげた尊に、アリステアが言う。

「私がさっき言ったようなことだよ。——ちなみに、これらについては、『太上老君』が力を貸してくれている」

「『太上老君』？」

そう言えば、先ほど屋上でそんな名前をあげていたなと思った尊は、疑心に満ちた表情で訊き返す。

「だけど、『太上老君』って、たしか『老子』の別名じゃありませんっけ？」

「そうだな」

「まさか、『青い牛に乗ったおじいさん』が、その『太上老君』だなんて、言いませんよね？」

「さあ」

瓶を手にしたまま優雅に肩をすくめたアリステアが、答える。

「私は見たことがないので断言はできないが、『老子』は世を去る際、青い牛にまたがっていたという伝説があることから、彼を描く時のアイテムとして青い牛はよく使われるのはたしかだな」

「――へえ」

知らなかった尊は、とにもかくにも、アリステアにうながされるまま、半ばやけくそのように先ほどの文言を真似して告げた。

「太上老君の名にかけて、天門を開きて、ここに居並ぶ鬼神や精魅を本来いた地に連れ戻し給え」

言ったあと、それだけではなんとなく物足りなく思えた尊は、自分がうろ覚えで聞き知っていた修験道だか陰陽道だかで使われる言葉を付け足してみる。

「急々如律令――」

それが功を奏したのか。

それとも、なくても大丈夫だったのか。

尊が奏上を終えてしばらくすると、スコッチ・ウィスキーを注がれたストラップから白い煙のようなものが立ちのぼり、螺旋階段に沿って上に向かい始める。

すると、それに呼応するように、一番下の石板から、白い輪郭となって姿を現わした生き物がスッと抜け出し、ストラップから立ち上った白い煙のようなものを追いかめている。

驚いた尊は、言葉もなくそれを見あげ、アリステアも珍しく興奮した面持ちで見つめている。

「——お」

け始めた。


次から次へと。

白い煙が通過したところから石板に封じられたものが流れ出し、それと同時に、どこからともなく奇妙な鳴き声のようなものが響いてくる。

それは、まるでジャングルにいるような騒々しさであったが、鳴き声のひとつひとつを取ると、どれもこれまで聞いたことのない独特なものばかりだ。

どこかで「れ〜いれ〜い」と鳴くかと思えば、「ゴロゴロゴロ」と石を転がすような声もあり、またドンドンドンと太鼓を打っているようなものから、「ひーひー」と甲高く鳴くものまである。

そんなやかましさの中、白い煙が合流し、やがて一本の太い流れとなって上空へとあがり始める。ついには、螺旋階段のまわりが白いもので覆い尽くされ、竜巻のような状態になってしまう。

「……すごい」

尊が感嘆し、アリステアも横でゴクリと唾を飲む。

やがて、天井に辿りついた白い流れは、そのまま丸い出入口を抜け、さらにその上の窓をもすり抜けて夜の空へとのぼって行った。

その間、どれくらいの時間が経ったのだろうか。

長かった気もするし、とても短かったようにも思える。

そうして、気づけば、部屋の中は元通りの静けさを取り戻し、ストラップを持つ尊とスコッチ・ウィスキーの瓶を持つアリステアだけが残されていた。

それは、よく考えると、なんともマヌケな構図である。

そのことに気づいたアリステアが、コホンと小さく咳払いをしてからスコッチ・ウィスキーの瓶をおろした。

遅れて、尊もストラップをおろす。

バツの悪い間のあと、ややあってアリステアが言う。

「あ～、なんだな」

「たしかに、なんですね」

なんとも答えようのなかった尊が同調すると、フッと笑ったアリステアが、尊を柔らかい目で見おろし、きちんと言葉にして伝えた。

「礼を言うよ、ミコト。――どうやら、君のおかげで私やケンジントン侯爵が抱え込んでいた長年の憂いが解消したらしい」

「そんな」

びっくりした尊が、首を振って応じる。

「僕はなにもしていませんが、これでよかったのなら、本当によかったです。――たぶん、鬼神や精魅にとっても」

「なるほど。――鬼神や精魅にとっても、か」

片眉をあげて応じたアリステアが、続けて実に優雅な仕草で手を翻し、「では」と言って尊に先に階段を上がるよう促した。

「どうぞ、お先に」

その所作のあまりの完璧さにとっさに見惚れてしまった尊は、もう一度促すように軽く首を傾げられたところで、慌てて螺旋階段に足をかける。

「ありがとうございます、ミスター・ゴドウィン」

すると、唇に手をあてて「う〜ん」と唸ったアリステアが、「よければ」と言った。

「二人の時は、『アル』と呼んでくれないか」

それは、尊にとってはこの上なく嬉しい申し出だったため、撤回される前に実行しようと、大急ぎで口にする。

「わかりました。アル」

そんな二人が立ち去った隠し部屋では、役目を終えた石板が、静かな時空の中に沈み込んでいた。

終章

隠し部屋を出たとたん、ほぼ同時に二人のスマートフォンが鳴った。

そこで、それぞれが自分たちのスマートフォンを取り出し、同時に別々の反応を示す。

「あ、大変だ」

慌てる尊に対し、アリステアは小さく舌打ちをして呆れている。それから、横でスマートフォンを操作している尊に訊いた。

「もしかして、ダリルからか？」

「はい。なんか、すごく心配しているみたいです」

答える間にも電話が繋がったらしい尊が、「——もしもし、ダリル？」と話し出すのを聞いて、「まったく」とアリステアは小さくつぶやいた。

「だから、あいつはダメなんだ」

そんなアリステアの横で、尊が頓狂な声をあげる。

「え、外？　──今すぐって？　ダリル、どこにいるんです？」

それから、一拍置いて尊が言う。

「店の外って、本当に──？」

しゃべりながらアリステアと目があった尊が、スマートフォンと階下を交互に指し、ジェスチャーで状況を伝えた。

だが、そんなことをしなくても、会話の内容で十分理解していたアリステアが、先に立って軽やかに階段を降り、店の正面玄関を開ける。

そこに、スマートフォンを手にしたダリルが立っていて、なんとも高貴な仏頂面でアリステアをじろりと睨んだ。上質なスプリングコートを、これほど品よく着こなす人間もそうはいない。

それが、余計に彼に貫禄を与え、見る者に畏怖の心を呼び起こす。

だが、そんなことで動じるようなアリステアではなく、彼も負けないくらい冷淡な表情で相手を見返して訊いた。

「こんな時間に、なんの用だ、ダリル」

「そっちこそ、こんな時間までミコトを働かせてなんのつもりだ？　しかも、どちらの電話も繋がらないって、おかしいだろう」

「それは、色々と事情があってね。──それに、僕は警告したはずだぞ、ダリル。そうやって過保護なことを続けていったら、レナードの時のようにミコトにも愛想をつかされるって」

「わかっているよ。だからこそ、ミコトの生活には口を出さないように気を付けていたんだが、よく考えたら、君は昔から、忠告するようなふりをして、その実、僕の大事なオモチャを横から奪うようなところがあった。――危うく、今回も騙されるところだったよ。ということで、もうやめる。――少なくとも、君が相手の時だけは、僕もおとなしくしていないからな」

「だから、そういうところが――」

反論しかけたアリステアの後ろから尊が慌てて飛び出してきたため、二人の会話はそこで一旦途切れた。

「ダリル」

「やあ、ミコト」

「ありがとうございます、ダリル。心配して迎えに来てくれたんですね。それなのに僕ってば、全然電話に気づかなくって」

その素直な謝礼の言葉を聞いたとたん、アリステアに対し、どうだと言わんばかりに勝ち誇ったような顔つきになったダリルが、「そんなことより、ミコト、ちょっとおいで」と言って、腕をつかんで強引に外へと連れ出した。

「うわ。──え、なに？」

急なことに驚いた尊が転びそうになりながら言い、アリステアが眉をひそめてその暴挙を止めようとしたが、それより早くぐいぐいと引っ張って外に出たダリルが、どこか興奮した声音で告げた。

「いいから、早く来い。──でないと、消えてしまう」

「消えるって、なにが？」

引きずられるように外に出た尊が訳が分からずに尋ねると、玄関先の階段を降りたところで立ち止まったダリルが、空を指さして言った。

「アレだよ」

「アレ？」

アレってなんだと思いながら尊は空を見あげるが、最初はなにもわからなかった。

そこで、ダリルに再度訊く。

「ダリル、アレ、アレってなんですか？」

「ほら、アレ、見えないか？」

言いながら、視線の高さを合わせるようにミコトのほうに顔を寄せたダリルが、もう一度「ほら」と彼方を指さした。

「月に虹がかかっているだろう？」

言葉にされるのと同時に、尊の目にもそれがはっきりと見えた。

夜の虹だ。

「あ――！」

驚いた尊が、呆然と見つめる。

「本当だ、虹が出ている」

それに対し、少し離れたところで様子を見ていたアリステアも、空を見あげ、珍しい天候現象を眺めた。

ダリルが、説明する。

「車を運転していたら、途中で急ににわか雨が降り出して、それがあがったとたん、雲間に月が出て虹がかかったんだ。――それで、なんとしてもミコトに見せたくて、ここまですっ飛ばして来た。ほら、前に、虹を見てはしゃいでいただろう？」

「――ああ、はい」

ダリルの言葉を聞きながら、尊はなおも薄らいでいく虹を見つめる。

古来、虹は異界への架け橋ととらえられてきたことを思うと、このタイミングで現われたというのは、なんとも感慨深いものがあった。

そう思ってアリステアを見やると、彼も尊を見ていて、目が合うと、まるで賛同するように小さく微笑んでくれる。

優美で極上の笑みだ。

そこで、嬉しくなりながらもう一度空を見あげた尊の横で、ダリルがアリステアを振り返って宣言する。

「ということで、アル。ミコトは、このまま連れて帰るからな」

「どうぞ、ご自由に」

それから、踵を返して店に戻りつつ尊に対して言う。

「では、ミコト、また来週」

「え――、あれ？」

てっきりクビになるものと思っていた尊は、そこでハッとして顔を戻し、すでに階段をのぼり始めていた優美な後ろ姿に向かって叫んだ。

「はい。また来週。よろしくお願いします、ア――」

危うく「アル」と呼びそうになったが、そこでダリルの存在を意識した尊は、すぐに言い換えた。

「ミスター・ゴドウィン」

そんな彼らの頭上では、虹が徐々に消え失せ、雲間から覗いた月が皓々と夜のロンドンを照らしていた。

本書は書き下ろしです。

骨董商アリステア・ゴドウィンの秘密

篠原美季

角川ホラー文庫　22140

令和２年４月25日　初版発行

発行者――郡司 聡
発　行――株式会社KADOKAWA
〒102-8177　東京都千代田区富士見2-13-3
電話 0570-002-301（ナビダイヤル）
印刷所――株式会社暁印刷
製本所――本間製本株式会社
装幀者――田島照久

●お問い合わせ
https://www.kadokawa.co.jp/（「お問い合わせ」へお進みください）
※内容によっては、お答えできない場合があります。
※サポートは日本国内のみとさせていただきます。
※Japanese text only

ISBN978-4-04-109025-1　C0193

角川文庫発刊に際して

角　川　源　義

　第二次世界大戦の敗北は、軍事力の敗北であった以上に、私たちの若い文化力の敗退であった。私たちの文化が戦争に対して如何に無力であり、単なるあだ花に過ぎなかったかを、私たちは身を以て体験し痛感した。西洋近代文化の摂取にとって、明治以後八十年の歳月は決して短かすぎたとは言えない。にもかかわらず、近代文化の伝統を確立し、自由な批判と柔軟な良識に富む文化層として自らを形成することに私たちは失敗して来た。そしてこれは、各層への文化の普及滲透を任務とする出版人の責任でもあった。

　一九四五年以来、私たちは再び振出しに戻り、第一歩から踏み出すことを余儀なくされた。これは大きな不幸ではあるが、反面、これまでの混沌・未熟・歪曲の中にあった我が国の文化に秩序と確たる基礎を齎らすためには絶好の機会でもある。角川書店は、このような祖国の文化的危機にあたり、微力をも顧みず再建の礎石たるべき抱負と決意とをもって出発したが、ここに創立以来の念願を果すべく角川文庫を発刊する。これまで刊行されたあらゆる全集叢書文庫類の長所と短所とを検討し、古今東西の不朽の典籍を、良心的編集のもとに、廉価に、そして書架にふさわしい美本として、多くのひとびとに提供しようとする。しかし私たちは徒らに百科全書的な知識のジレッタントを作ることを目的とせず、あくまで祖国の文化に秩序と再建への道を示し、この文庫を角川書店の栄ある事業として、今後永久に継続発展せしめ、学芸と教養との殿堂として大成せんことを期したい。多くの読書子の愛情ある忠言と支持とによって、この希望と抱負とを完遂せしめられんことを願う。

一九四九年五月三日

美食亭グストーの特別料理

木犀あこ

悪魔的料理人による究極の飯テロ小説！

グルメ界隈で噂の店、歌舞伎町にある「美食亭グストー」を訪れた大学生の一条刀馬は、悪魔のような料理長・荒神羊一にはめられて地下の特別室「怪食亭グストー」で下働きをすることになる。真珠を作る牡蠣に、昭和の美食家が書き遺した幻の熟成肉、思い出の味通りのすっぽんのスープと、店に来る客のオーダーは一風変わったものばかり。彼らの注文と、その裏に隠された秘密に向き合ううちに、刀馬は荒神の過去に迫る——。

角川ホラー文庫

ISBN 978-4-04-108162-4